TAKASAK
&
HITOSHI
Illustration : Ryou Mizukan

セシル文庫

上司と婚約 Dream⁴

～男系大家族物語18～

日向唯稀

イラストレーション／みずかねりょう

上司と婚約Dream^4 〜男系大家族物語18〜

◆目次

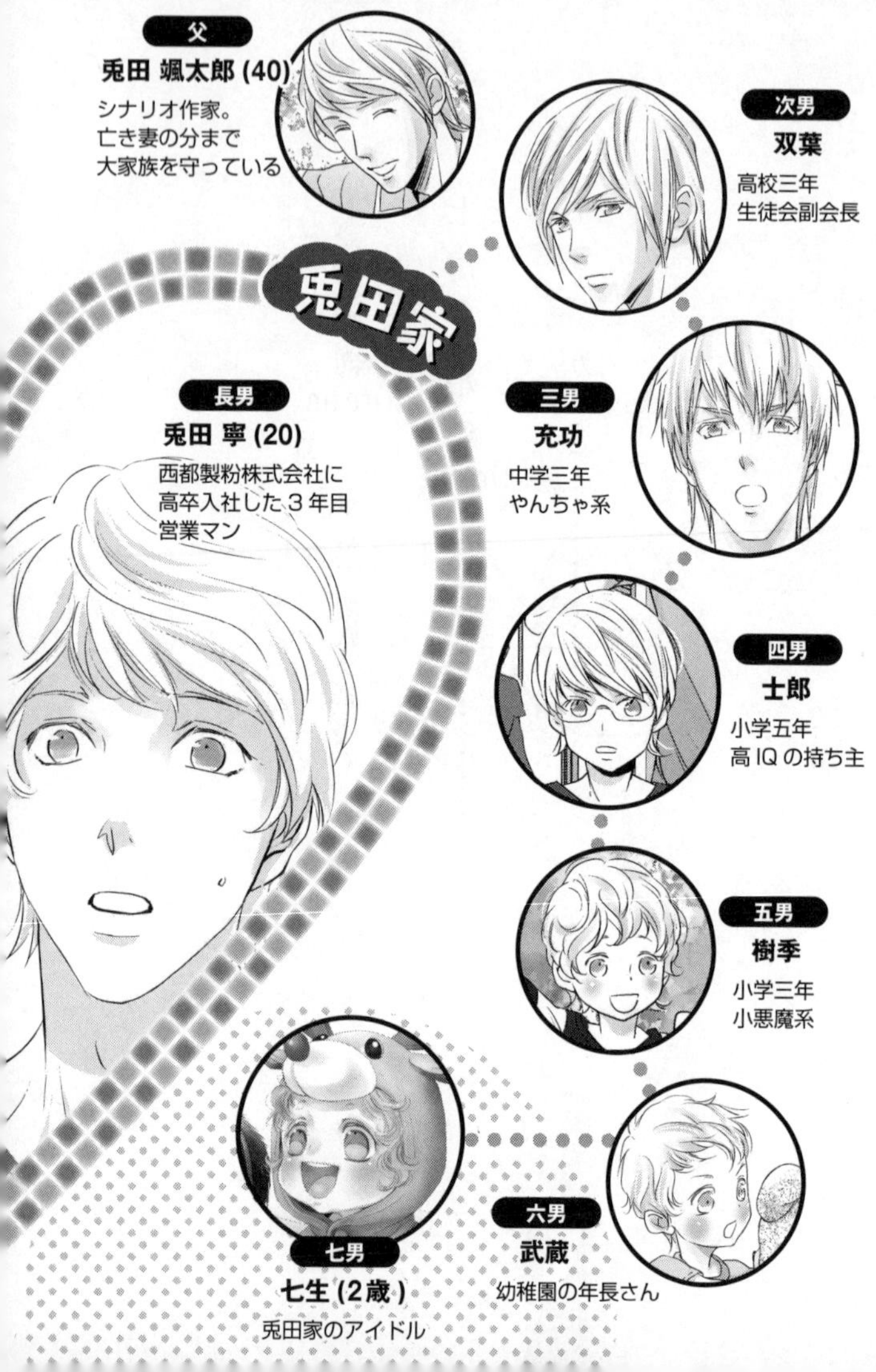
兎田家
父
兎田 颯太郎 (40)
シナリオ作家。
亡き妻の分まで
大家族を守っている
長男
兎田 寧 (20)
西都製粉株式会社に
高卒入社した３年目
営業マン
次男
双葉
高校三年
生徒会副会長
三男
充功
中学三年
やんちゃ系
四男
士郎
小学五年
高 IQ の持ち主
五男
樹季
小学三年
小悪魔系
六男
武蔵
幼稚園の年長さん
七男
七生 (2歳)
兎田家のアイドル

男系大家族 兎田家とそれを取り巻く人々

獅子倉
カンザス支社の
業務部部長
鷲塚
寧の同期入社。
企画開発部所属
隼坂
双葉の同級生。
風紀委員長
鷹崎 貴 (31)
西都製粉株式会社の
営業部長。
姪のきららを
引き取っている
エリザベス
兎田家の隣家の犬。
実はオス
エイト&ナイト
エリザベスの子供
鷹崎きらら
幼稚園の年長さん
貴の姪
エンジェル
きららの飼い猫

この作品はフィクションです。
実在の人物・団体・事件などに
一切関係ありません。

上司と婚約 Dream⁴

〜男系大家族物語18〜

プロローグ

新年度——四月最初の週末、金曜日。

俺こと兎田《とだ》寧《ひとし》は、朝食を終えるとリビングの続きの自室で、出勤準備をしていた。

(そういえば、今は四月始まりだけど、いつかは年明けとか、海外に合わせて九月始まりになるんだろうか?)

なんとなく目にしたカレンダーから、最近見聞きするようになったことが頭をよぎる。

けど、これって言うほど簡単なことじゃないよな?

七生《ななお》から下の世代なら、変わってもそういうもんだと思うだろうけど、少なくとも桜の季節に新年度開始——みたいなのが刷り込まれている俺からすると、定期的に上がる話題としては耳にしても、ピンとこない。

いざ変われば、そういうものだと慣らされてくのかもしれないが。

——と、今は支度が先だ!

俺はいそいそとスーツに着替えて、座卓から充電済みのスマートフォンを手に取った。

（それにしても、やっぱり春休みはあっと言う間だな）

短くも、案外濃厚な春休みを過ごして、終始楽しそうな弟たちときららちゃんの学校や幼稚園は週明けからだった。

そのため、この週末にはきららちゃんとエンジェルちゃんは、都心の自宅マンションへ戻っていく。

なんだか気が抜けそうな予感しかしない。

これはこれで調子が狂いそうだ。

（二週間とはいえ、すっかり我が家に馴染《なじ》んで生活していただけに、寂しがらないかな？　それこそ鷹崎《たかさき》部長に〝早くお引っ越ししよう！〟って言い出す？）

自分を棚に上げて、つい心配してしまう。

ただ、鷹崎部長は「また騒がしくなるな」なんて言っていたけど、絶対にホッとするほうが大きいだろう――と、俺は思っている。

確かに久しぶりの一人暮らしは、楽な部分もあったかもしれない。

けど、週末はいつも通りうちへ来ていたし、そのたびにみんなで出かけていた。

充功《みつぐ》がレッスンのために、鷹崎部長のところへ泊まって通わせてもらったり、俺も泊まらせてもらったり、更には急な大阪出張なんていうのもあった。

普段は参加しないような飲み会もあっただろうし――。

決して、一人きりの時間を満喫《まんきつ》はできなかっただろう。

でも、それだけに、きららちゃんやエンジェルちゃんが自宅にいない寂しさを感じている暇がなかったんじゃないかな？

それこそ、きららちゃんを引き取り、同居を始めた去年の今頃ならわからない。

しかし、いまはもうすっかり二人と一匹暮らしに馴染んでいる。

そこへ週末和気藹々《わきあいあい》の恒例化だ。

人数が増えるならまだしも、一人ってなったら、鷹崎部長自身が考えるより、静けさという寂しさを覚えるんじゃないかな？

――と、思うから。

ただ、その一方で、きららちゃん本人はと言えば……。

「うーん。どうしたら七くんは、喜んで保育園に行くのかな？　やっぱり楽しいことがいっぱいあるってわかるのが一番だよね？」

「でも、家でエリザベスやエイトと遊んで、父ちゃんとお昼寝するより楽しいことってあるかな？」

「難しい～っ。きららは幼稚園は好きだけど、エンジェルちゃんたちと遊んで、みんなでお昼寝もすごく好き～っ」

「だよな～。俺もだよ～」

リビングで武蔵《むさし》の奮闘《ふんとう》に付き合って、七生の心配をしてくれていた。

しかも、本音は家で遊んで、みんなでお昼寝が好きなのも確かみたいで――。

そんなことにすっかり意識を持っていかれているためか、春休みが終わったらマンションへ帰るという事実には、まだ意識が向いていないようだった。

(この時間から武蔵の意識がはっきりしているのはすごいな。七生の保育園問題と遠足に関してだけは、眠気が飛ぶのか?)

「寧。そろそろ時間だよ」

あれこれ考えているうちに、ダイニングにいた父さんから声がかかる。

「――あ、はい。行ってきます」

ちょっとぼんやりしてしまっていた俺は、慌てて鞄を手にリビング・ダイニングへ顔を出してから玄関へ向かう。

「寧兄。いってらっしゃい」

「いってらっしゃーい」

すると、支度のために二階へ上がっていく双葉《ふたば》と、未だダイニングで生野菜と格闘中の充功から声がかかる。

「いってらっしゃい。寧兄さん」

「わーい。寧くん、いってらっしゃい！」

「ウリエル様、気をつけてね」

「ひとちゃん、お仕事頑張って！」

「ひっちゃ！　いってらね～」

続けてダイニングにいた士郎《しろう》、樹季《いつき》、きららちゃん、武蔵、七生が声を上げて、俺を玄関先まで見送りに来てくれる。

「みゃ」

流れに乗っているのか、エンジェルちゃんもしっかり紛れていた。

いつの間にか仔猫ではなくなっているが、少し小柄なエンジェルちゃんは、真っ白で可愛い上に、最近は美麗《びれい》かつ美人さんに育っている。

ブルーの瞳がキラキラしていて、月並みな例えだが宝石のようだ。

けど、週明けからは、きららちゃんとエンジェルちゃんはいなくて――と頭によぎると、俺のほうが寂しくなるのは、もはや確定だ。

（こうなったら二世帯住宅と引っ越しをテキパキと！）

などと心底から思いつつ、俺は軽く手を振った。

「はーい。行ってきます」

今一度みんなに声をかけて、玄関を出る。

「うわっ」

すると、思わず声が出てしまうような突風に頬を撫でられた。

しかしそれは、真冬の風や春一番とも違い、なんとなく優しく感じるもので――。

（もう、春なんだな）

すっかり早くなってきた日の出と共に、俺は季節の移り変わりを肌で感じることになった。

1

その日の午後のことだった。

俺は外回りで営業先であるハッピーレストランへ向かっていた。

取引先の担当者である本郷《ほんごう》常務から「ようやく落ち着いてきたから、近くに来ることがあったら寄ってもらえると嬉しい」と連絡があり、ならば早速！　と、アポイントメントを取らせてもらったわけだ。

電話の雰囲気だけで言うなら、特に新しい注文や相談があるとか、契約中の品に変更があるとか、そういうことではなさそうだ。

おそらく、先日俺が営業に行った〝自然力《しぜんりよく》〟のことや、すでに連絡を取り合っていたらしい白兼《しろがね》専務とのやり取りが気になって、俺自身からも話を聞きたいのだろう。

白兼専務は、本郷常務がハッピーマーケットにいた時代の直属の部下だったという話だし、すでに俺との商談前に、白兼専務のほうから相談もされていたようだから――。

だが、こういう一見仕事に関係の無さそうな話の中にも、次の商談に繋がるヒントが隠れていることや、あとになってから役に立つことがある。

たとえそれがハッピーレストランの仕事でなくても、他で活きてくることや、なんらかの閃《ひらめ》きに繋がる可能性はあるので、俺自身は声がかかったら行ってみるを実行することにしていた。

それに、白兼専務の話なら、どんなに個人的なことでも知っておきたい。

後々同期の森山《もりやま》さんへ担当をバトンタッチすることになるけど、そのときに少しでも役立つ情報を引き継げたら――と思うしね。

とはいえ！

そう思い込んでいて、先日の新規契約のときみたいに、いきなり他の人が出てきてすごい交渉（隼坂《はやさか》部長のよろしくワンとか！）を開始されてしまうこともあるので、ここは気を引き締めていかないと！

何せ相手は海千山千《うみせんやません》の本郷常務だ。

本当なら、鷹崎部長が直接対決でもおかしくない方だけに――。

しかし、その実態は？

「わざわざ足を運んでもらってなんだが……。本当に、兎田さんや充功くんには申し訳ないことをした。しかしながら、甥《おい》も充功くんのことは全力でサポートし、また守っていくと言っていた。なので、どうかそれを信じて、今後も見守ってやってほしい。私にできることがあるなら、いくらでも協力すると言ってあるし。誠心誠意応援もしていくつもりでいるのでね」

（え？　こっちの話ですか！）

一〇〇％私的な話だった。

俺に「何かのついででいいので」と言っていたのは、内容が先日充功が受けた、にゃんにゃんエンジェルズのミュージカル舞台の規格外合格——もともとあった役ではなく、充功の特殊音痴を活かした適役を新たに作る前提での話だったからで。

しかも、甥の本郷さん（劇団来夢来人《ライムライト》のスカウトマンで、充功をスカウトしてきた人でもある）は、こう言ったらあれだけど制作側から受けた合格報告を我が家へ伝えに来ただけだ。

それも、本来なら制作側が確認を取りにくるべきなんじゃ!?　という、新キャラ作りに対する相談だか許諾《きょだく》を、原作者である父さんに取りにまで……。

たまたま二つの要件が同じ家の中に重なっていたとはいえ、俺からしたら本郷さんは一番嫌な役回りを一手に引き受けたようなものだ。

誰の目から見ても彼が気にしたり、俺たちに謝罪をする必要はない。

ましてや、親戚だからといって本郷常務がこうして頭を下げるなんて、俺からしたら滅相《めっそう》もないことだ。

(それで指定された場所が本社近くのカフェ、ここだったんだ)

しかも、テーブルに着いた俺の前には紅茶とケーキのセットが置かれて、その上会ったときには真っ先に菓子折入りの紙袋を「これは少しだけどご家族で」と手渡されている。

だから俺は、てっきり七生たち宛《あ》てかと思い「いつもお気遣いをいただきまして、ありがとうございます」なんて言って、笑って受け取ってしまった。

けど、今にしてみれば、父さんと充功がメインだから「ご家族で」なんだろう。

そうでなければ、「弟さんたちに」とか「七生くんたちに」とかって言ったはずだから。

「——そんな。本郷常務まで、お気になさらないでください。先日の状況は、すでにお聞きになっていると思いますが、ご心労をおかけしてしまったのは、むしろうちのほうです。特に、あの場で一番ことを荒立てるようなことを口にしたのも、結局は士郎《しろう》ですし」

俺は恐縮しつつ、改めて頭を下げた。

今にして思うことでもないが、このカフェは以前も私的な話、それも充功の話で呼ばれたときの場所だ。

〝今日は社内がざわついているので、悪いが外でいいかな〟

――なんて言われたので、すっかり信じて来てしまったが、次はこのパターンもあるということを覚えておこう。

今はもう、こうなったらご厚意《こうい》に甘えて、ケーキと紅茶をいただきます――だけど。

「ああ。それは甥も〝身が引き締まった〟と言っていたよ。まさか充功くんを落とすような発言と見せかけて、自分のやる気を試されたんだとは、思いもしなかったって。というか、もし自分があそこで席を立つほどの感情を見せなかったら、士郎くんに信用してもらえなかったら、どうなっていたのか考えただけで背筋が震えると言っていたからね」

ただ、俺がケーキに手を伸ばしたことで、本郷常務も少し安堵したというか、気が抜けたのかな？

――私もいただくことにするよ。

そんな目配《めくば》せをしながら、ティーカップを手に取った。

普通の家ではまず見ることのない華美なバラが描かれたアンティークっぽいカップとソーサーだ。金の縁取りと揃いの金のスプーンが俺には眩《まぶ》しい。

なんというか、カフェというよりは、クラシック音楽が似合う昔ながらの喫茶店だ。いい意味で、とても本郷常務の人柄というか、風格にマッチしている。

「さ、さすがに……。そこまでどうにかなることはないと思いますけど。確かに充功も士郎から意見は聞きますが、それですべてを決めるわけではないですし。特に、今回は父も自分で決めていいと言っていましたから」

「――まあ、確かにそうなんだけどね。甥から見ても、兎田くんから〝そもそも受かったらやるつもりでオーディションを受けたんでしょう？〟と問われて、かなり気持ちが定まっていたのは見てわかったと言っていたし」

席も隅のほうの対面で、隣が空《あ》いていたことから話がしやすい。

と言っても、ここで企業秘密が出てくるわけではないので、俺としてはうっかり失礼なことを口走らないように気をつけるだけだ。

それにしても、紅茶もケーキも美味しい！

特に紅茶。うちにもいただき物のお茶類がたくさんあるけど、間違いなく淹《い》れ方なんだろう。

紅茶にはゴールデンルールみたいなのがあるのは知っているが、一気に五、六人分を淹れるのが当然の我が家では、細かいルールは無縁だしね。

などと思いながらも、俺は本郷常務の話に耳を傾け続ける。

「ただ、士郎くんの後押しというか、トドメがなければ、結論は後日に持ち越されただろうとも言っていた。やはり充功くんにとっては、初めての受験への不安も大きかったのだろうし。そこを士郎くんが〝サポートするから、悔《く》いのないように〟と言ってくれたことで、気持ちが定まったのだろうしね」

この分では、また士郎の株が上がっていそうだ。

もっとも、俺の中では常に上がりっぱなしで、下がったことがないけど――。

「その点だけは、充功が士郎に持っている圧倒的な信頼の賜物《たまもの》かもしれないですね。充功が受験を意識し始めたのは、三学期に入ってからですが。学年末考査までは、士郎がサポートをしていたし、実際に目に見えて成績も上がったので、充功からしたら家庭教師からOKが出たようなものですから」

俺は、本郷常務が少し身を乗り出したのに気付いていたから、そのまま話を続けさせてもらった。

「あとは、士郎も言っていましたが、充功の性格では断ったところで勉強に集中できるとは思えないですし。精いっぱい舞台をやったあとで受験勉強にかかるほうが、すべての面で悔いが残らないのも確かかと――」

俺が思うに、だけど。

きっと本郷常務は、うちのことや充功自身のことも心配なんだろうけど、本郷さんのことも相当気にかけているんだろう。

　さすがに見てわかるような甘やかしをする年頃ではないけど、鷹崎部長や伯父さんたちを見ていても、いかに兄弟の子供が可愛いのかはわかる。

　本郷常務も、きっと生まれたときから可愛がってきた甥だろうから、そこは大人になっても——なんだろうなって。

「もっとも、充功が最初から目指していた難関校があったとかなら、また話は違ってきますが。正直言って、そこまで成績がよかったわけでもないので、俺や父さんは場合によっては私立かな——とは、考えてきましたし。そのための準備もしてきているので、むしろ本人が少しでも勉強する気になっているだけでも、よかったなって気持ちでいます」

「それは、さすがと言えばさすがだね。しかし、そうは言っても、双葉くんだって受験だろう？　それこそ場合によっては私立の医学部となったら——」

　そうして充功の話から、今度は双葉のことになった。

　やはり、医学部を受験すると聞いたら、まず心配になるのは合否《ごうひ》だけど。実際、端から見たら、その後の入学金や授業料はもっとだろう。

　特に国立と私立では、かかる費用も桁《けた》がひとつ違ってくるしね。

「考えただけで震えますすね。ただ、そうなっても、まずは俺の給料をすべて双葉の学費に回してとか、母が残してくれた保険の分をとか、父とは前もって相談済みです。ただ、双葉自身は国立でも私立でも特待生《とくたいせい》が取れるようにという目標で、勉強をしていますので」

ただ、この話に関しては、すでに鷹崎部長も協力を申し出てくれていたし、父さんとも直接話をしたことがあったようだ。

それこそ――場合によっては、自分にもそれなりに蓄《たくわ》えはあるから。

できる限りではあるけど、学費の援助はするから、絶対に遠慮だけはしないでほしい。

双葉くんにも充功くんにも、後悔しない学校を選んで進んでほしい。

俺にとっても、大事な弟の進学なんだから――と、言ってくれて。

また、そうやって俺も兄から大学へ行かせて貰ったから――って笑ってくれた。

俺も父さんも、これだけで嬉しかったたし、とても心強かった。

こと、お金の話だけに、実際は受験の結果を見ないとわからないし、最悪浪人《ろうにん》することまで考えたら、本当にこればかりは来年になってみないと――ってなるけど。

それでも、ここへ来ての三馬力《さんばりき》は心強いなんてものではないから。

もっとも、父さんからすると「まあ、親戚も黙っていないからね」って笑っていた。

何せ、お祖父《じい》ちゃんや伯父さんたちが張り切っていて――。

〝案ずるな颯太郎《そうたろう》。私の退職金が手つかずだ。仮に何かあっても、自宅を処分すれば夫婦で施設に入れる分くらいは用意ができる。贅沢さえしなければ年金もあることだしな〟
〝いや、実家をそんなことにしなくても、うちには寧のときに用意していた援助分が手つかずな上に、双葉や充功の分だって準備をしてきた〟
〝いやいや。うちだって子供は二人じゃなくて、最低五人はいるってつもりで貯えてきた。だから、本当に間違っても双葉や充功に選択を誤らせるなよ。もちろん、寧の考えや選択も否定はしないが、せっかく双葉がその気になってくれているんだから、納得のいくまで勉強させてやってくれ〟

母さんの三回忌で集まったときには、先を争うようにして言っていたらしいから。

――というか、おじいちゃんが言うのはまだわかるけど、伯父さんたちには、自分の子供がいるのに！

それこそ一人とはいえ現役の私大の法学部生だったり、二人とはいえサッカー少年に野球少年なんだから、これからいくらかかるかわからないのに。

まあ、これに関しては、うちが子だくさんだからというよりは、ただのブラコン。

颯太郎Ｌｏｖｅ《ラブ》だからだろう。

何せ、この後には更に四男、五男の叔父さんたちまで援助に手を上げ――、もうここは割愛だ。

末っ子以外は全員妻子持ちなのに、どこにも反対する奥さんがいないことが、俺からしたらミラクルだ。

父さん曰《いわ》く「そこは最初に生まれた寧への溺愛だと思う。各自が勝手に積み立て始めていたから」と笑っていたけど、それにしてもいろいろすごい親族だ。

父さん以外が全員公務員という肩書き以上に、ブラコンが！

さすがにいきすぎていて、本郷常務には説明できないが。

「なるほど。双葉くんも家族思いだね。充功くんにしても、双葉くんの学費を稼ごうとして、一度は芸能界に入ろうとしたって聞いているし。まあ、ここは巡りに巡って、デビューってことになったわけだが」

――と、ここで俺は、これまでにはなかった引っかかりを覚えた。

手にしていたティーカップを落としそうになって、慌ててソーサーへ戻す。

「どうかしたかね？」

「えっと。あの、充功のこれってもしかして芸能界デビューとか、そういうことになるんですか？」

――もしかしなくても、ものすごくバカな質問をしているかもしれない。

俺はちょっとだけ身を乗り出して、声を落とした。

なんとなく、他人に聞かれたらまずい気がして。

「え？　他に言い方があるのかね？　私もその、こういったことは詳しくはないので――なんともなのだが」

するとと、本郷常務まで声を落として、コソコソし始める。

明らかに困惑している。

「すみません。俺も詳しくないので。でも、そう言われたらそうなのかな？　え？　充功がデビュー？」

とはいえ、何を今更な話だろう。

どうにも俺は、一番肝心《かんじん》なことが頭から抜けていたようだ。

(でも、そう言えば双葉が、仮に芸能活動をしていくとなったら、芸能科があるような都心の私立に通うほうがいいとかどうとか言っていたもんな。そのほうが公立よりは活動がしやすいし、何より学校自体の対応が整っているからって)

そりゃ、充功がこの先どうしたいかは、充功自身が決めることだけど――。

「――兎田くん。もしかして、今になって不都合な承諾をしてしまったとか、そういうことを考えているのかな？」

でも、俺がここぞとばかりに眉間《みけん》に皺《しわ》を寄せたものだから、本郷常務も似たような表情になってしまった。

「いえ、それはないです。ただ、俺は今回の舞台のことしか考えていなかったんで、それが芸能界デビューになるとは思っていなかっただけで……。でも、よく考えたら、充功は個人としてではなく、一応劇団来夢来人の練習生としてオーディションを受けたわけですから、今さら気付くような話ではないですよね」

「おそらくは？　その辺りはまた甥に確認するなり、兎田くんの家や、充功くん自身の都合に合わせて、どうとでもできるとは思うが――。思うだけでは、どうしようもないだろうから、詳しく聞くなり相談するなりしたほうがいいよね」

そうして更に周りを気にしつつ、ひそひそを続ける。

間違いなく、あとで思い返したら滑稽《こっけい》そうだ。

けど、俺相手にこんなふうに対応してくれる本郷常務には、感謝しか起こらないだろう。

「すみません。そうしましたら、まずは今夜にでも、充功に確認してみます。俺がぼけっとしていただけで、本人には自覚があるかもしれないし。少なくとも、士郎は理解した上で、充功の背《せ》を押したと思うので」

「――確かに、本人に聞くのが一番だね。というか、士郎くんならすべて理解した上でという気は、私もするが」

そうして、今時点での結論に達した瞬間に、どちらからともなく「ふっ」と笑い合ってしまう。

「士郎。まだ小学生なんですけどね。本当に、俺のほうが頼るばかりで」

「それを言うなら、我が社も私も随分お世話になっているからね」

巡りに巡って、結局士郎の名前が出てくることが、もはや笑い話になりそうだ。

もちろん、この笑いは士郎への揺るぎないリスペクトの上に成り立っているのは、大人も子供も関係がない。

そろそろ身内も友人・知人も関係なくなってきたけど――。

「そうだ。それはそうと、〝自然力〟との契約が決まったそうだね。おめでとう」

話が一区切り付くと、本郷常務がティーカップを手に取った。

ようやく想定してきた話になる。

「ありがとうございます。これも本郷常務のおかげです。というか、契約成立をご存知ということは、すでに交渉時の話は聞いてますよね？　その、白兼専務から」

俺も再びティーカップに手を伸ばし、連絡を取り合うことができる二人が、一応どの辺りまで話をしたのか確認をしてみた。

白兼専務が、あえて何かを伏せて話をしたとは思わないけど。

さすがにこれは話せないな——と、口にしなかったことを俺が言ってしまったら大変だから。

「ああ。まさか事前に私へ探りを入れたことが、裏目に出るとは思わなかったと言っていたよ。兎田くんが私に笑ってもらえる程度の価格設定で挑《いど》むと言っていたのを聞いた瞬間、しまった！　と思ったらしい。せめて私と連絡を取っていなければ、知らぬ存ぜぬでもっと攻めた交渉ができたのに——と」

でも、これはすべて筒抜けだとすぐにわかった。

もともと、西都製粉《せいとせいふん》との交渉を事前に相談していただけある。

都合のいいところだけを結果報告するような方ではないし、そういう仲でもないのだろう。

むしろ、自身がしまったと思うようなことこそ、話題にできるような関係で——。

ただ、それが俺自身にとってはどうなの？　というのは、また別の話だ。

「すみません。そこは、同僚と話をしていたところを、偶然聞かれてしまって。大変失礼な話をしてしまったと反省してます。本当に申し訳ありません」

俺は今一度ティーカップをソーサーに戻して、頭を下げようとした。

しかし、それは本郷常務からの手振りで止められる。

「いやいや。謝ることではないよ。そうした偶然、運やツキも商売にはあることだ。それに、実のところ兎田くんが頑張ってくれたおかげで、私自身も鼻が高かったしね」

それどころか、満面の笑みで喜ばれてしまう。

(俺が頑張ったから鼻が高いって？)

考えると同時に、首を傾げてしまった。

「白兼くんから探りが入ったときに、どういう経緯があるにしても、〝雪ノ穂《ゆきのほ》〟の担当者は手強《てごわ》いよ、決して、見た目や第一印象で甘く見ないほうがいいと伝えていたんだよ。まあ、彼のほうは君がしていた立ち話よりも、高校時代の先輩が目の前にいて驚いた。その時点で、交渉どころではなくなっていたかもしれない――と言っていたが」

「――はい。まさか白兼専務と父が先輩後輩の仲だったとは……。さぞかし驚くというか、怖いぐらいだったんじゃないかと思います。当時の父と今の俺なら、双子かと思うくらい似ているはずなので」

俺は返事をしつつも、本郷常務の話を聞き漏らさないよう、いっそう意識を集中させた。

「そうそう。今以上に瓜《うり》二つだったらしいね。でも、白兼くんとしては、いい意味で言い訳になったと思うから」

「言い訳ですか？」

「そう。君が私の言ったとおり、手強い相手だった。それだけを認めるよりは、先輩にそっくりで困惑したという前提があるほうが、彼としては立つ瀬もあるからね」

――なるほど。

本郷常務から見ると、こういう解釈になるのか。

俺にはない視点だし、発想だ。

「まだ若い君に対等な交渉をされ、さらには自分側の切り札だと思っていた私のことまで逆手に取られ。白兼くんからしたら、近年味わっていなかった惨敗だと思うよ。少なくとも、うちと同じ所までは値切るつもりだっただろうしね」

ただ、本郷常務は楽しそうを通り越して、愉快そうに話してくれるが、俺からしたらドキドキだ。

(やっぱりそうか!)

こうなると、あの失敗発言がなかったら、逆にどこまで値切られたのだろう?　と想像しただけで背筋に震えが走った。

同時に本郷常務がティーカップをソーサーに戻したものだから、俺の背筋が一瞬でピンと伸びる。

「まあ、何をどうしたところで〝無い袖《そで》は振れない〟と言われた日には、引くしかないが。

でも、君がはっきりとそれが言える営業マンだったところが、一番の負けだったとも言っていたよ。正直、手持ちの量を誤魔化して来られる分には、まだ話のしようもある。しかし、ものがないから良質なブレンドを用意した上で、それでもここが限界だと言われたら、お手上げだからね」

常務の空いた両手が顎の下でゆっくりと合わされて、指が組まれた。

テーブルに肘を突くようなラフな仕草は初めて見た気がするけど、どうしてか俺には鷹崎部長の頬杖《ほおづえ》ニヤリからのズバリとか。士郎がここぞとばかりに眼鏡を弄《いじ》る姿と被って見えた。

でも、そう見えるってことは、それだけ大事な話をされているということだろう。

俺はいっそう耳を澄ませて、真剣に話を聞く。

「そもそも白兼くんは、変化球相手のほうが得意なタイプで、ストレートに来られると弱い。しかも、前もって君の交渉基準を知ってしまったら、これはもう下手な話で長引かせるほうが時間の無駄ということになる。だから〝相手の言い値で納得しました〟と報告を受けたときも、そこはさすがだねと彼を誉めた」

この話の中には、これからも何かと交渉し続けることになるだろう、白兼専務の情報が詰まっている。

しかも、それと同時に本郷常務がどういうふうに彼を育てたかも含まれている。

いずれも今後の俺や西都製粉には大切なことだ。

「ただ、その倍は〝だから言っただろう〟と、私が勝ち誇ったように言ってしまったものだから、彼には少しふて腐られてしまったが――。まあ、それでも予算内では決められたらしいから、この悔しさは彼個人のものだろうがね」

そうして本郷常務の手が解かれて、ティーカップへ戻った。

(ようはこれって、俺自身も本郷常務からこの交渉をどう乗り切るのかを見られていたってことだよな。そうでなくても、つい先日鷹崎部長との間に置かれてジタバタさせられて。その上で、教えて貰った。育ててもらったって俺が思うのと同じで、双方二人がかりで経験値を積ませてみたが、結果はどうだろうかって。ある意味、タイミングよく白兼専務という新たな交渉相手が現れたから、これは見応えがあるぞ――みたいな)

俺の背筋は伸びたままだった。

(でも、本郷常務は、俺がどうにかギリギリのところで優勢を保って交渉を終えられたことを喜んでくれた。おそらくは、そうすることで、これからいっそう白兼専務が伸びていくって思ったからだろうけど)

ただ、あれだけ奮闘しても、向こうとしては予算内だったのか――と思うと、俺自身も少しだけ悔しかった。

もちろん〝自然力〟側からしたら、用意していた振り幅内としては高価側になってしまった。そこが経験豊富な白兼専務からすると、負けたって判断になるんだろうけど。

でも、だとしたら、やっぱりトータルでみたら、今回は俺が譲ってもらったにすぎないってことだから――。

「ありがとうございます。俺も、すごく学ばせていただきました。しかも、先に失礼をしたのは弊社《へいしゃ》のほうでしたのに。そこに関しては、一切触れずに商談をしていただいて。本当に、感謝してもしきれません」

そう。ことの始まりが、第二営業の安請け合い。在庫保証のできない〝雪ノ穂〟の契約を受けたことだから、うちからしたらここを突かれたら本当に厳しかった。

俺ではもっと足下を見られても、躱《かわ》し切れない。

それこそ本郷常務が基準というのをなしにしても――。

「即日、誠心誠意の謝罪を鷹崎くんたちから受けたあとだからね。さすがに後日に持ち込むことはしないよ」

ただ、完全に肩を落とした俺に対して、本郷常務は普通に笑った。

というか、「おいおい、肝心なことを忘れてないかい？」と言いたげに、鷹崎部長の名前も出した。

「それに、白兼くん自身は〝雪ノ穂〟のブレンド粉を自社に回してもらう交渉をしたところで、すでに西都側の弱みにつけ込んだという自覚があっただろうし。その上、商談で難癖《なんくせ》など付けたら、頭を下げた鷹崎くんたちを蔑《ないがし》ろにすることになる。こんな道理の通らない者を幹部にしているような会社なら、この先も付き合えたものではないという判断をされて、取り引き自体をご破算《はさん》にされかねないしね」

（――あ。そういう解釈もあるのか）

交渉そのものが、すでに鷹崎部長と白兼専務の間で始まっていたことは、俺も聞いていた。

鷹崎部長が苦笑いを強いられたくらいだから、その時点で白兼専務が強敵なのはわかっていた。

けど、蔑ろにどうこうは考えたことがなかった。

多分、ここは鷹崎部長自身から、誠意のある依頼だったと聞いていたからだろう。

「少なくとも鷹崎くんは交渉価格だけでなく、最悪断るという判断まで含めて、君を〝自然力〟へ送ったはずだからね」

「さすがにそこまでは！」

ただ、本郷常務が誉めてくれるのは嬉しいけど、これは全力で否定した。

たとえお世辞だとしても、同意や肯定はできない。

だって、無い袖は振れない——無い粉は売れないまでなら、事実だから仕方がない。

そういう意味でなら断れるけど、それ以外の理由でなんて、俺には無理だ。

そんな権限はあると思っていないし、全力で持ち帰って、鷹崎部長に「どうしましょう」と聞くだけだ。

けど、それでも本郷常務は笑っていて——。

「いやいや。うちを相手にしても、無理なものは無理だと言える君だ。この先も自社の不利益を生む、上司に頭を下げさせるなどの可能性を感じたら、自分の力不足で納めて断るだろう。私も長年、仕入れ交渉はしているが、自分の若さや未熟を武器にして〝これ以上は無理です〟と交渉を進めてくる担当者は、初めてだったしね」

むしろ、愉快そうに言われてしまった。

これが本郷常務流の俺への評価なのはわかるけど、でもさすがにそれとこれとは、話が別だろう?

別——で、いいんだよな？

「えっと……、それは」

あまりに堂々と言われてしまって、逆に不安になってくる。

「でも、そういう姿に白兼くんは白旗を上げたんだよ」

「え？」

すると、見てわかるくらい困惑しているだろう俺に対して、本郷常務は真顔になった。

それが怖いとは感じなかったが、本日の第二波がきたような気がした。

俺は背筋どころか、全身で緊張を覚える。

「すでに鷹崎くんとは直接対面していたわけだが、同じ上に立つ者として、どういう部下が寄こされるのか――。実はそれを見るのが一番楽しみだと漏らしていたんだ。鷹崎くんに対しては、とても好感を覚えたが、それとは別に部下を見れば日頃の上司ぶり、仕事ぶりも自然と見えるものだ。ましてや君のように若い者なら、なおのことね」

本郷常務は、今一度白兼専務とのやり取りを思い起こしながら、今度は彼の着眼点について教えてくれた。

これは名刺や社章、制服や校章の話と同じだ。

俺が入社や入学したときにも、言われたことだ。

相手が常に自分を通して会社や学校を見てくる、評価してくることを忘れないで――と。

我が家で言うなら、自分を通して常に親兄弟の人となりが見られている。

特に大家族というだけで人目を引くのだから、行いには気をつけて――と言われて来たこととも同じだ。

「そして、君と交渉交えた白兼くんは、君が実に優秀な部下であり、君を育てている鷹崎くんが上司としても優秀な仕事をする人だと確信した。と同時に、自分もまた私の部下だった、私が育てた者として見られていることがわかったので、これは失礼はできないと思ったらしいよ。私の印象まで悪くしかねないからね」

「そんなことは！」

「いやいや。実際に無理難題をふっかけられて、鷹崎くんの謝罪をも無下にされていたら少しは思うだろう。それに、君の判断基準が私にあったとしても、君が今更私自身を残念に思うことは――。まあ、ないだろう」

咄嗟にというか、反射的に否定はしたが、ここでまた本郷常務には笑われた。

確かに「少しは」と念を押されたら否定はできないし、実際に面と向かって鷹崎部長の努力を無下にされたら、荒ぶる自分は想像できる。

そうでなくても、鷹崎部長は自分の部下でもない海老根さんのミスで謝罪に出向いたわけだし――って、完全に俺の性格を見抜かれてるよ。

「しかしその分、だったら今組んでいる社長の影響なのかなと、発想を飛ばされかねない。

だが、白兼くんにとっては、これこそ一番避けたいポイントだろうからね」

言われれば言われるほど説得力があった。

（うん。確かに。元が本郷常務の部下なのに、こんなに失礼な人だったの？　ってなったところで、きっと離れたあとが悪かったんだな——で、俺なら自分を納得させそうだ。でもって、その時点で同じ大学出の鷲塚《わしづか》さんには申し訳ないけど、〝自然力〟の紫藤《しどう》社長もどうかと思う——とか、普通に考えちゃいそう！）

でも、これってようは、白兼専務が俺の単純思考を見抜いて、一番警戒したって気がしないでもない。

彼自身は共同経営でもある紫藤社長をリスペクトしまくりだから、それこそ俺みたいな若造に負《ふ》の感情を持たれるのはいやだっただろうし。

——なんて、脳内でぐるんぐるんしていたときだ。

「彼は上司としても一流だが、部下としての立ち回り方は超一流だからね」

俺は（また話の矛先《ほこさき》を読み違えた！）と心臓がキュッとしぼむ思いがした。

「部下としての立ち回り方……ですか」

「鷹崎くんや虎谷《とらや》専務のことを思い出したら、ピンと来るんじゃないのかい？」

「——あ、はい。とてもよくわかります」

本郷常務の話は、俺の想像より奥深い。

もちろん、俺が話を受けて想像したことも大事だが、そこから更に気付かせたい、学ばせたいことがあったのだろう。

それこそ、せっかく自分も関わったのだから——と。

「上には上の、下には下の立ち回り方というのはあるものだ。だが、どちらも大事なことだし、本当に頂上まで登り詰めて成功し、また継続していく者は、下にいたときの立ち回り方を熟知していた者だと、私は思うよ。もちろん、稀《まれ》に上に立つためだけに生まれてきたような者もいるだろうが——。そういう者であっても、下の者がどういう気持ちで動くのかを知っているのと、そうでないのとでは、いずれ差は出てくるだろうしね」

——それにしても、立ち回り方か……と、改めて思う。

確かに、立ち位置によって、理想的なそれはあるだろうし。それを意識しているか、いないかだけでも、自分にできるベストな仕事が変わってきそうだ。

自分にとってではなく、あくまでも組織人としてのベストな仕事が。

「はい。確かに、そうですね。弊社にもいずれトップに立つだろう者がおりますが、俺たちと同様、新入社員として入ってきておりますし。また、幹部候補生として入る人たちであっても、それは同じで——。スタートラインから三年から五年くらいは、同期と同じように仕事をこなしていきますから」

「そうだね。それこそ鷹崎くんがいい見本だろうしね」

(――あ、そうか!)

しかも、こうして話題に出るまで、俺はまったくそういう発想はしたことがなかった。けど、そう考えたら、異例な出世スピードも頷ける。

鷹崎部長はもともとそういう扱いの人だったのかも?

というか「稀代の九十期」と呼ばれる人たち全員が、実はそうなんじゃ?

だって、鷹崎部長だけでなく、東京支社の同期にはカンザス支社の獅子倉部長だっている。

他の人たちだって、支社勤務とはいえ、全員係長か課長クラスだ。

さすがに鷹崎部長の部長職は、きららちゃんのために東京へ戻って来たことで、異例の出世になってしまったんだろうが――。

実際、すごい早さで大阪本社の営業部課長になっている。

それこそがっつり営業回りまでやる課長だったみたいだから、会社としたら、もう少しだけそのポジションで、売り上げアップに尽力してほしかったのかもしれないが――。

(でも、そしたら俺の同期もそうとうすごいんだけど? 実は俺以外は全員幹部候補生とかなのかな？）

などと考えていたところで、本郷常務の胸元から振動音が響いた。

「――失礼。ちょっと席を外すね」

そう言って胸ポケットからスマートフォンを取り出し、表示された名前を見ると、いったん席を離れた。

足早に店外へ出ていく。

（会社からの呼び出しかな？　忙しい方だろうし、そろそろ引き上げたほうがいいよな。俺も今日は、森山さんと犬飼《いぬかい》さんのお見舞いに行ってみようか――って、話も出ているし）

俺は、本郷常務がいない間に、残っていたケーキを食べて、紅茶も飲んだ。

慌てて食べても、美味《おい》しいものは美味しかった。

その上、本当にたくさん話をしてもらって、鞄の脇には手土産《てみやげ》のお菓子。

充功のことだけでは、俺のほうが申し訳ないばかりだ。

（せめて、今の俺ができることで、何か返さないと！）

そう意を決しているうちに、本郷常務が戻ってくる。

「――申し訳ない。社に戻ることになってしまった。ここは大丈夫だから、もしゆっくりしていられるなら、兎田くんだけでも」

「いいえ。俺も丁度いただき終えたところですので」

俺はすかさず席を立った。

どうやら電話のあとに会計も済まされてしまっているが、これも合わせて、必ず御礼及びご恩返しを！　だ。

若輩《じゃくはい》なりにできることは限られているけど、それはそれで的を射たいからね。

「そうか。なら、一緒に出よう」

「はい」

そうして俺は、本郷常務のあとをついて、店の外へ出た。

かれこれ一時間くらいは経っているかな、空の色が変わり始めている。

それに、俺は充分な余裕を持って出てきたけど、多忙な本郷常務の一時間ともなると、本当に貴重だ。

「本当に、今日はありがとうございました」

俺は、最後にもう一度頭を下げて、御礼を言った。

「いやいや、それは私が言うことだよ。仕事中に貴重な時間を――、申し訳なかったね。しかも、つい余計な世間話までしてしまって」

「とんでもない。いつも貴重なお話を伺って、とても勉強になります。感謝しきれないです。それに、改めて白兼専務のお人柄などもお聞きできて、嬉しかったですし」

「多少は今後の仕事に役立つかな？」

「はい。精いっぱい頑張ります。白兼専務が、本当に本郷常務が大切に育てられた方だということも実感させていただきましたし。常務が今後の〝自然力〟をとても応援していらっしゃるんだろうことも、俺なりに受け止めましたので」

そして、考えた末に、今の俺にできる最初の一つは「これだ」と思い、本郷常務に宣言をした。

「――、ありがとう」

（やっぱり！　すごく嬉しそうな、それでいて安堵したような笑顔だ）

本郷常務なら、すでに白兼専務たちの〝自然力〟の目標が、世界市場にあることは聞いているか、想像しているだろう。

けど、いざそうなったときに、要商品のひとつの原材料となる国産有機ブレンド粉が確実に流れていかなければ、立ち往生《おうじょう》しかねない。

そして、それを卸《おろ》せるのは製造元の我が社、西都製粉だけだ。

でも、この事実があるから、鷹崎部長も俺たち〝97《きゅうなな》企画〟メンバーに「どうにかしろ」と言った。

ものが先物取引作物《さきものとりひきさくもつ》なだけに、先々に起こるかもしれない不作まで見越して、必ず回せる量と価格でまずは納得させてほしいとも言った。

知ったり、関わったりした限りは成功してほしいし、それを分かち合いたい。

そこは俺たちも本郷常務も同じだろう。

本郷常務からしたら、親心にも近いだろうし。

ただ、そうなれば、今の俺にできることは、これしかない。

（必ず国産有機ブレンド粉を〝自然力〟に卸し続ける。もちろん、ハッピーレストランにも！）

営業マンとしても、こうして常に助言してもらっている恩返しとしても。

「はい。では、本日はここで失礼致します。また後日、入荷状況の確認などをさせていただきますが。それ以外でも、何かございましたらいつでもご連絡ください」

俺のやる気や心情を察してか、本郷常務は本当に喜んでくれた。

「ああ。隼坂くんにも言っておくよ。よろしくね」

そうして本郷常務が会社へ戻っていくと、俺もその場から離れて、次の行動に出た。

上着のポケットに入れていたスマートフォンを取り出すと、

〝森山さん。お疲れ様です。お見舞いの件ですが、何か持っていきますよね？　行くときに一緒に見ますか？　それとも先に買っておきますか？　俺、今なら時間がありますが。手が空いていたら、お返事お願いします。兎田〟

要件のみだが、メールを送った。

そして、返事を待ちながら駅へ向かう。

（あ、来た？）

森山さんから〝悪い。なら、頼む。品《しな》も任せるから、よろしく〟という返信が届いたのは、丁度改札を通る前だった。

2

本郷常務と話をした帰り道、俺は半月程度は賞味期間のある赤坂《あかさか》ポッポの焼き菓子セットを購入してから、いったん会社へ戻った。

お見舞い金は会社から出るし、それとは別に同部署の有志《ゆうし》から——という名目でも、昨日のうちに鷹崎部長と横山《よこやま》課長がポケットマネーから渡していると聞いていた。

——そんな！　頭割りして集金してくれればいいのに。

とは思ったが、「それは今後、病院へ顔を出すときの差し入れ代にでもしてくれ」とのことだったので、森山さんとも前もって相談し、二人合わせて二千円くらいのものにしておいた。

おそらく退院するまでには何度か顔を出すことになるだろうし、そのときに雑誌や飲み物くらいは持って行けるほうがいいよな——と、合意したので。

ただ、帰社をしてから合流。退社後にその足で病院へ行く予定だった森山さんは、出先で担当さんとの話が長引いたらしく、定時アップでは戻れなくなってしまった。

でも、新規拡大棚の相談に乗りつつ、このままだと夕飯も一緒に――みたいな雰囲気らしいので、ここは「そのまま新規契約を取れるように頑張って！」だ。

かといって、何時になるのかわからない森山さんを待っているわけにもいかず、週末だと俺にも予定がある。

月曜に延ばしたところで予定は未定な部分があるので、まずは森山さんに許可をもらい、俺だけで出向くことにした。

初対面だし、お見舞いとはいっても挨拶と顔出し程度のつもりでいたから、十分もいるかいないかだろう。

もちろん、犬飼さんのほうから何か言ってきて、会話が弾《はず》めば流れに任せる。

父さんには会社帰りに寄ることは連絡してあるし、それに病棟の面会時間は八時くらいまでだろうから、そこまで遅くなることもないだろうしね。

(――あ、本郷常務からのいただき物は、私物とわかるように入れ替えておこう)

そうして俺は、明らかにお見舞い品より重量かつ嵩《かさ》のあるいただき物を、デスクに常備している折りたたみのエコバッグに紙袋ごと入れた。

大型でファスナーも付いているので、スッポリ入って、これなら中も見えない。

と、ポケットの中のスマートフォンが震えた。

取り出してみると、鷹崎部長からの私用メールが届いている。

（鷹崎部長は残業か……。あ、でも。今日はこのままうちへ来る予定だったから、近くのパーキングに車を置いてるんだ。上手く時間が合ったら、お見舞いのあとに合流して、一緒に帰ろう――って。ラッキー！　むしろ、俺のほうが遅くなることはないだろうから、どこかで待たせてもらおうかな）

俺は、思い付くまま返信を打つ。

すると、即〝了解〟と戻ってきた。

（決まり！　やった!!　帰りは鷹崎部長とドライブデートだ）

思いがけないデートタイムを得たことで、きっと俺の顔は一瞬にして晴れやかになったことだろう。

それに比べて鷹崎部長はポーカーフェイスを守っているけど、これのおかげで俺は安心して浮かれることができる。

「それでは、お先に失礼します」

デスクから立ち上がると同時に、声が弾む。

周りから見たら、よっぽど定時退社が嬉しいのかとか思われそう。

しかし、ここで野《の》原《はら》係長が「あ、兎田」と言いながら席を立った。

「はい!?」

「これから犬飼の見舞いに寄るんだったよな？　よろしく伝えてくれ。あと、来週には俺も顔を出すからって」

「わかりました。伝えておきます」

「頼むな。じゃあ、気をつけて」

「はい。ありがとうございます」

一瞬、ミスか忘れていたことでもあったか？　と、全身がビクリとした。

だが、ここは野原係長の気遣いだけだった。かなりホッとする。

（え!?　鷹崎部長！）

しかし、この様子をデスクから見ていた鷹崎部長は、利き手で口元を隠した。

（――ここでは笑うんだ！）

まあ、誰もが納得できるようなシーンで笑うのは、ありだけどさ。

一緒になって、横山課長までクスクスしているし……。

「ミスの発覚じゃなくて、よかったな！　兎田」

ただ、おかげで俺は、側に居た先輩たちにまで笑われてしまった。

みんながみんな、俺のびくつき理由が想像できたか、周りに釣られたのもあるのだろうが、クスクスクス――と笑いが広がっていく。

でも、よく見ると残業決定で肩を落としていた先輩たちの顔つきが明るくなった？

それなら笑われた甲斐《かい》もあるんだけど――。

「本当。ご苦労さん」

「兎田くん。新米くんにヨロシクな」

「ちびっ子ちゃんたちにもね～」

しかも、先に帰る俺に対して、誰もが笑顔で見送ってくれた。

もちろん、普段から定時で帰る者に対して、悪意を向ける人は居ない部署だけど。

それでも笑顔で送り出してもらえたのは、気分がいい。

（よし！　これはこれで、ありってことにしておこう。お見舞いのあとには、鷹崎部長とのドライブもあるし！）

俺はスキップこそしないが、それに近い機嫌でエレベーターホールへ向かった。

すると、視線の先には見慣れた人たちがいる。

「お疲れ様です」

俺が足早に寄りながら声をかけると、同時に三人が振り返る。

「あ、寧。お疲れ」

「お疲れ、兎田。今、森山に確認してたんだけど、これから例の駅の階段で転落事故に巻き込まれた後輩の見舞いに行くんだって？」

「行くのは兎田一人？」

エレベーターを待っていたのは、鷲塚さんにスマートフォンを手にした総務部の小菅《こすげ》さん、あとは法務部の天堂《てんどう》さんだった。

偶然とは思えない顔ぶれだけど、同期飲み会以来、打ち解けたのかな？

最近、彼らと鷲塚さんが一緒にいるのをよく見かける。

もっとも、こればかりは俺自身の興味の問題、単に最近まで気にとめていなかっただけかもしれないが――。

「はい。そうです。本当は森山さんと行くつもりだったんですけど、残業になってしまって。なので、俺一人です」

俺は聞かれたままを答えた。

丁度エレベーターが下りてきたので、四人で乗り込む。

「そしたら、俺たちも同行していいか？　今日はバタバタしていて、こんな時間になった上に、生憎《あいにく》労務部の奴が揃ってないんだけど」

「先に顔合わせだけでもしておいたほうが、後日詳しい話をするにしてもいいかなって、丁度話してたからさ」

小菅さんと天堂さんが目配せをしながら説明をしてくれる。

本来なら、ここに労務部の方が加わるのかとなれば、俺にも話の想像は付く。

「詳しい話って、労災関係のことですか？」

「ああ。通勤中の巻き込まれ事故だからな。ただ、それだけに会社がきちんとフォローをするから、加害者側が何か言ってきても、今は話を止めといてほしいと思って」

――やっぱりそうだった。

俺は鷲塚さんと目配せをしながら、話に耳を傾け続ける。

「週明けには労務部も動くからって、鷹崎部長も伝えてくれたみたいなんだけど。何分加害者はともかく、保険会社が絡んできた場合は即日に動いてくるからさ。土日を挟むことだし、一応念押しの意味も含めて、今日のうちにってなったんだ」

「あ、保険会社！　それで天堂さんまで一緒だったのか」

「まあな」

鷲塚さんもピンと来たようだが、ようは被害者である犬飼さんへは安堵を、加害者側へは威嚇《いかく》をってことだろう。

本来なら、労務部だけでも充分だろうが、うちは同時に法務部も動く。

場合によっては出るところへ出ますので、被害者への保証はきちんとお願いしますね

――っていう、加害者側への意思表示だ。

もっとも、転落に他人を巻き込んだとはいえ、加害者本人も駅の階段から落ちている。

こうした事故に適用される保険に入っていれば、会社に丸投げせざるを得ない状態だろうし、加入がなければ弁護士さんをお願いして示談《じだん》交渉なんてこともありえるだろう。

そう考えたら、最初から犬飼さんには会社を通して代理人が立ちますよってアピールできるのは、すごく有利なことだ。

俺が犬飼さんなら心強いなんてものではない。

しかも、こうした場面にぶつからなければ、いかに自分の勤め先がきちんとしているのか、やはり、大企業と言われるだけのことはあるんだな――ってことも、なかなか実感できないだろう。

何せ、この手の事故やトラブルの経験がなかった場合、いきなり手慣れた保険会社の担当だ、弁護士だって出てきたら、一方的にビビらされる。

下手をしたら、被害者なのにやられ損みたいなことにもなりかねない。

そこは俺も、母さんが事故死したときに、いやってほど思い知った。

もしも判事をしているような伯父さんがいなければ、憔悴《しょうすい》しきったところにガンガンこられて、「もう、何でもいいからそっとしといてくれ！」ってなりかねなかった。

実際、俺たちはそう叫ぶ寸前だったし――。

〝駄目だよ、お父さん。寧兄さん。ここだけは感情的になっちゃ駄目。この件は陽秀《あきひで》伯父さんに相談しよう。そして知り合いの弁護士さんに頼んでもらって、全部任せよう。弱り切った僕らでは何もできない。何もしないほうがいい！〟

あのとき士郎が止めてくれなかったら、父さんなんか保険会社の担当者をぶん殴っていたかもしれない。

とにかく相手の態度が悪くて、仕事もいい加減で。連日家に押しかけてきては、示談金を値切るような交渉ばかりされて。

その上、母さんの命を軽んじられただけでなく、その場は無傷に近かったとはいえ、一緒に事故に巻き込まれている七生への後遺症保証なんかも丸無視されるところだった。

双葉や充功なんて「新手の詐欺かよ」って怒ったくらいで、実際にそのやり取りに疲れて示談に応じる場合もあるって聞いたから。正当な保証を得るには、とにかく慎重に進めていかないと――ってことだ。

何せ、思いがけない後遺症が出た場合、被害に遭った上にその後まで苦しみかねないのだから――。

「保険会社も、当たり外《はず》れがありますものね。加害者自身は平身低頭でも、保険会社の対応が悪くて、傷口に塩を塗られる――みたいなこともありますし」

俺は、一瞬にしてフラッシュバックした記憶に苛《さいな》まれながらも、気を逸《そ》らそうとして口を開いた。

丁度エレベーターも一階に着いたことだし、エントランスに歩き出したところで、悪感情は振り切って行こうと――。

「本当だよな」

「とにかくこっちは、労災の手続きも含めて、できるだけ本人のケアかつ、損にならないようにとは、思っているから。あとは、加害者の出方次第かな」

「ですね」

そうして四人でエントランスを突っ切り、外へ出た。

大分日が延びてきたとはいえ、まだ四月の上旬だ。七時前とはいえ、街灯やビルの明かりでオフィス街が彩られている。

「じゃあ、俺はここで」

――と、鷲塚さんが俺たちから一歩離れて、会釈をした。

「何？　鷲塚。一緒に行かないのかよ」

「用事でもあるのか？」

小菅さんと天堂さんがさも当然のように聞く。

しかし、これには鷲塚さんもちょっと笑いかけた。

「いえ。接点も用もない俺が行ったところで、かえって気を遣わせるだけでしょう」

「接点ならあるだろう。犬飼って、お前と同じ大学の出《で》じゃないか」

「――え!?　そうなんですか？」

逆に思いがけない答えが返ってきたからか、本気で驚く。

というか、俺も一緒になって「え!?　東都《とうと》大学？　それって私立の東大ですか？」って、声を漏らしたほどだ。

言うまでもなく、名前と性別くらいしか聞いていなかったし、まさかそんな最高峰の大学から俺の下に――とか、考えてもみなかったから。

「ああ。確かそのはずだ。だからって、見ず知らずの相手に変わりはないだろうが。ただ、それぐらいの繋がりでも、今の犬飼にとっては、心強いかもしれないぞ。この中では一番共通の話題を持っているってことだし」

「そんなもんですかね？」

けど、これを聞いても鷲塚さんは、案外そっけなかった。

二学年も違ったら、ましてや学部もわからない相手となったら、興味も湧かないってことかな？

でも、小菅さんが言いたいことはわかる。

初めて会う同社、同部署の人間よりも、同じ大学の先輩か出身者のほうが、共通の話題を持っている分、親しみが湧くだろうし。

それこそあの教授は今どうなの？　とか、あの講堂の老朽化《ろうきゅうか》は？　なんてことでも盛り上がれたり、最低でも間繋ぎぐらいはできると思うから。

「お前が悪名高い先輩だったとか、二度と会いたくないほど拗《こじ》れた相手だったってことでなければな」

「どっちもないですよ！　けど、多少でも話のネタになるなら行きますよ」

それでも天堂さんにからかわれると、鷲塚さんは一緒に見舞いへ行くことになった。

俺からしたら、一刻も早く家に帰って、ナイトを抱っこしたかっただろうに——と思うので、なんだか申し訳なかったが。

しかし、行くと決まったら即、移動だ。

そのほうが早く鷲塚さんを帰宅させてあげられる。

「よし、決まり」

「なら行こう。で、兎田。病院はどこだ?」

「すぐそこの医大です。救急で運ばれたまま入院できたみたいで。ただ、怪我の具合が落ち着いたら、転院もあるみたいですが」

「そうか。それはこっちとしても行き来が楽で有り難いな」

俺は天堂さんと小菅さんを誘導しつつ、鷲塚さんのことも気にかける。

「――荷物。手伝うぞ」

同行するとなったからか、鷲塚さんはいつもより明らかに手荷物の多い俺に、利き手を伸ばしてくれた。

「あ、すみません。そしたら、こっちをお願いできますか?　お見舞い用のお菓子なんですけど」

「軽いほうでいいのか?」

「はい。こっちは本郷常務から家族宛なので」

「なるほどな」

俺は断るのもなんだしと思い、犬飼さんへのお見舞いのほうをお願いした。

それより大きなエコバッグを見ながら、いろいろと察してくれたようだ。

＊＊＊

歩くこと十分。

俺たちは犬飼さんが入院している医大へ着いた。

病床900はある大きな病院だけに、俺は今朝のうちに鷹崎部長から外科病棟の位置や部屋番号は聞いてあった。

――が、それにしても、院内の敷地が広い。

うっかり迷子にでもなったら、五分、十分はすぐに経ってしまいそうだ。

なんてことを考えながら、エレベーターで四階まで上がる。

「大部屋だったら、それこそ顔を出して、挨拶程度で帰らないとな」

「夕飯中だったら申し訳ないし」

「夕飯はわからないですが、部屋は今のところは個室だと聞いてますよ。大部屋が空くまでの間だとは思いますが」

「あ、寧。そこの角っぽいぞ」

部屋番号やネームプレートを見ながら、鷲塚さんが一番奥の角部屋を指す。

「みたいですね。ありがとうございま……」

「だから事故のことは会社に丸投げしたって、言ってるだろう！　示談交渉をしたいなら、会社へ行ってくれ！」

だが、俺が〝犬飼夕輝〟と書かれたネームプレートの部屋の扉に手を伸ばしたときだった。

中からすごい怒鳴り声が響いてくる。

「！」

「!?」

俺は手を引き、反射的に鷲塚さんたちの顔を見た。

その間も、声が扉越しに響き続ける。

「そう言われましても、こちらとしても、一刻も早く示談を成立させて、被害に遭われた犬飼様にお支払いをと」

「それも含めて、全部会社に言ってくれ！　上司から預かった名刺も渡しただろう」

――これって？

――まさか保険屋とはち合わせ？

そんな以心伝心を感じていると、天堂さんが一歩前へ出て、ノックをした。

躊躇う様子もなく、ガチャリと扉を開ける。

彼の背中に、これまで感じたことのないスマートさや頼もしさを覚える。

「お取り込みのところ、失礼します」

「——!?」

「今度は何？　いったいどこの代理人だよ。入れ替わり立ち替わり！」

開かれた扉の中には、三十半ばくらいのスーツ姿の男性二人組と、ベッドに足を吊って横たわる院内着姿の犬飼さんがいる。

思った以上に元気そうだし、顔色もいい。

というか、出社一日目にしてここへ運び込まれたとはいえ、いったいそのときはどんな髪型だったんだろう？

今はイケメン俳優かアイドルかって思うような、ツーブロックの洒落た髪型をしている。

(よっぽど暇で、することがなかったのかな？)

なんていうか、襟元はスッキリだけど後頭部の上から半分はゆるめのパーマ？

ふわっと流した感じのミディアムヘアなんだけど、これって自分でしたの？

ものすごくカッコいい。まるで美容師さんにセットしてもらったみたいだ。

そして、ガッツリ顔を見せる髪型をしているだけあり、そうとうなイケメンだ。

なんとなくだけど、ちょっと西洋の血が入っているのかな?

程よい感じに彫りの深い顔立ちをしているが、それでいて黒髪がよく映える。

――そう。ここまでお洒落にしているのに、黒髪なんだ。

もしかしたら、入社に合わせて染めたか、リセットしたのかもしれないが――。

なんにしても、端整な顔って、自然に目を惹くようだ。

「私、西都製粉東京支社の天堂と申します」

しかし、俺が犬飼さんの顔ばかりみていた横で、天堂さんは胸元から名刺を取りだし、保険会社の二人組に手渡していた。

「西都製粉の?」

「法務部!」

肩書きを見るなり、男たちの顔つきが変わる。

いかにも、厄介《やっかい》なのが出てきたと言わんばかりだ。

「この度は弊社《へいしゃ》の者が通勤途中で被害に遭ったとのことで――。この件に関しましては、私どもが今後のお話をさせていただきたいと思っております」

天堂さんが、たたみかけるようにして話を進める。

「……いいえ、こちらはあくまでも犬飼様ご本人と。被害に遭われた方が、他にも三名ほどいらっしゃいますし」

「でしたら、弊社の者は最後のお話し合いで、構いませんよ。全治二ヵ月の診断は受けておりますが、実際それで完治《かんち》できるかどうかはわかりません。後遺症に関しての危惧も含めて、入院治療費、慰謝料、休業損害もろもろ。まずは退院してから明確な金額を算出、提示させていただこうと思っておりますので」

なんだか、いつになく楽しそうだった。

おそらく、犬飼さんに言っておくより、直接自分で言うほうが手っ取り早いし、間違えもないからだろう。

ただ、これまでには見たことのない嬉しそうな笑顔に、俺はちょっとだけサディスティックな雰囲気をみたような気がしたが――。

「いや、だから――っ!!」

「本人も、会社に一任していると申しておりますし。ここではなんですから、お話は談話室のほうで伺いましょうか」

「ちょっと、なんだよ」

男たちは、あれよあれよという間に、天堂さんに部屋の外へ連れ出された。

エレベーターを降りて直ぐの横に、自動販売機と公衆電話が置かれたスペースがあったから、そこへ連れて行かれたのだろう。

　すると、

「へー。さすがは大企業の法務部って感じ？　案外使えるじゃん。それで、あんたたちは？　示談の話なら、さっきの奴が纏めて引き受けてくれるから、向こうでやって」

　様子を見ていた犬飼さんが、感心したように呟いた。

　ホッとしたとかってふうではなく、あくまでもタイミングよく厄介払いができてラッキー！　みたいな感じだったけど。

　しかも、その後に俺たちへ視線を向けてきたのはいいが、初対面の相手に対して、この言いようだ。

　俺の背後には、鷲塚さんや小菅さんだっているのに！

　もっとも、天堂さんに付いて部屋へ入った割に、俺たちは別の保険会社の人間だと思われているようだから、仕方がないけど。

　――って、これって本当にそれで済ませていい件か？

「えっと、初めまして。西都製粉東京支社・第一営業部の兎田と言います。この度は、大変でしたね。心よりお見舞い申し上げます」

　引っかかりはあったが、俺はひとまず彼の誤解を解いてから、小菅さんたちを紹介しようと思った。

「同部署……の、人？」

「はい。あと、これはご挨拶代わりに少しですけど。その、好みがわからなかったもので」

鷲塚さんに持っていてもらった菓子袋を受け取り、ベッドごと上体を起こしていた犬飼さんへ手渡す。

「赤坂ポッポ？　だせぇ」

しかし、受け取った彼の開口一番がこれだった。

「は？」

俺に芽生えた悪感情が、その場で一言に集約されて声になる。

「それよりさ。西都製粉って学生バイトを雇う会社だったの？　それとも派遣くん？」

「え？」

続けてこの言い草だ。

驚くよりも腹立たしさが率直に来るって、なかなかないケースだ。

「だって、まさかミラクルベビーフェイスの三十歳とか言わないだろう。どう見たって、二十歳そこそこか、十代だろうし」

「お前っ……、!?」

でも、俺がムッとするくらいだから、側で聞いていた小菅さんなんか大激怒だった。

一瞬前へ出たが、そこは鷲塚さんに止められる。

なぜなら、先に俺がキレたから——。

「いい加減にしろよ！」

「っ!?」

我慢ならずに、犬飼さんに向かって言い放ったからだ。

「あのね。仮にそうだったとして、その口の利き方は何？　少なくとも俺はあなたの職場の先輩だし、心からお見舞いをと思って、足を運んできてるんだよ。いろいろあって機嫌も悪いのかもしれないけど、そこはオンオフを切り替えるべきだろう。社交辞令でもいいから、まずは〝すみません〟とか〝ありがとうございます〟って言えないのかよ。いい大人が！」

「え？」

すると、犬飼さんが両目を見開き、戸惑い始めた。

「だいたい、初対面の人間に、何タメ口を利いてるんだ。そういう本性は、いつどこでぽろっと出るかわからないんだから、営業回りでは一番怖いんだ。このさいだから、入院中に矯正《きょうせい》して。口の利き方も知らないとか、社会人失格以前に、幼稚園からやり直せって話

「だから！」

ガンガン言い放つ俺に驚き、「ひっ⁉」と声を漏らしながら、動けない身体ながら引き気味なのがわかる。

ただ、この状態に一番驚いていたのは、犬飼さん以上に小菅さんで――。

「？？？」

視線だけで鷲塚さんに説明を求めていた。

鷲塚さんは、それに答えるように微苦笑を浮かべる。

「だから、大丈夫って言ったでしょう。寧はああ見えて、叱るときには叱りますから」

そうして小声で耳打ちするが、何せここは個室病棟だ。

広くもない場所で、それも俺の背後で――となったら、当然耳に入ってくる。

犬飼さんにはどうだかわからないけど、少なくとも俺には。

「叱るって……。んな、子供相手じゃあるまいし」

「いや、幼稚園からやり直せって言ってるところで、奴は寧の中では武蔵くん以下って認定ですよ」

「園児でもないのかよ」

「いや～。兎田家では、二歳児でも初対面の相手にあの態度はしないんで。下手したら二歳児以下かもしれないですね。というか、そもそもあの口の利き方でいきなり現場に放り出されなくて、セーフですって。あれを取引先でやられた日には、鷹崎部長どころか、虎谷専務が土下座《どげざ》もんですから」

「……ま、まあな」

――本当にそうだよ！　って話だ。

こんなのを野放しにしたら、俺や森山さんが謝ったくらいじゃ間に合わない。

また鷹崎部長たちに謝罪させることになる。

けど、当の本人は、未だに驚いたまま俺を見ていて――。

「え!?　その顔で先輩ってことは、去年入社？」

少しは反省するのかと思えば、これだ！

どうしても俺を先輩社員とは認めたくないのか、もしくはベビーフェイス認定をしたいのか？

これでも年相応なはずだけど。

「一昨年なので、もう三年目です」

「三年目？　ってことは、今二十五？」

「高卒入社だから今月で二十一です！」

ただ、これを言ったら、結局は見下すんだろうな——と思ったときだった。

彼の両目が更に見開いた。

鷲塚さんの話じゃないけど、本当に武蔵と大差の無い表情をする。

喜怒哀楽《きどあいらく》がはっきり出すぎで、営業には不向きだよ！

「うわっ！　それでも俺のが年下なのかよ！　ってことは、もしかして俺が老けて見えるだけ？　やべぇ！　ウケる～っ」

その上彼は、いきなり自分を指差して、笑い始めて——。

それも、なんて言った⁉

俺のほうが混乱しそうになる。

「——年下？　え？　犬飼さんは新卒入社ですよね？　なのに、俺より年下なんですか？」

「ああ。俺、高校まではアザートンにいて、飛び級でこっちの大学に入ったから、この秋で二十一！　ちなみにアザートンはイギリスじゃなくて、シリコンバレーのほうね。普通にカリフォルニアって言うほうがわかりやすいかな」

ケロっとした顔で言ってくれたが、俺は内心「うわっ」と声が出そうだった。

ここに来て、またすごい経歴の人が入ってきた。

ようは、二年くらいスキップして東都大学へ入って出たってことだ。

私立の東大なのに！

「この秋で二十一の……バイリンガル」

しかも、俺の記憶に間違いがなければ、アザートンってアメリカでも五指に入る高級住宅街じゃなかったっけ？

シリコンバレーは世界屈指のＩＴ企業が集まる地域だし、それはもう桁違《けたちが》いなお金持ちに天才、経営者が揃うところだ。

ある意味地上のファンタジーだよな——なんて、随分前に士郎と話をしたことがあるから。

まあ、小学校低学年頃の士郎が話相手ってところで、我が家もそうとうファンタジー要素があるけどさ。

「——いや、待て。誕生日が四月に十月で同い年ってことは、日本でいうところの同級生か。なんだ、先輩でもなんでもねぇじゃん。マジでヨロシクな、兎田チャン！」

ただ、ここで犬飼さんは世紀の発見でもしたがごとく、更にはしゃいだ。

しかし、上から目線で来られるのもあれだが、いきなり馴れ馴れしく接してこられるのが、俺はもっと駄目だ。

堅いと言われようが、ノリが悪いと言われようが、物心が付いたときから苦手だから仕方がない。

それこそ鷹崎部長の同期で親友の獅子倉部長でさえ、最初は引いたくらいなんだから。

それが、縁もゆかりもないただの新入社員相手となったら、もっと無理！

しかも、ここまでの話の流れもあるから、更にキレるのも早い。

「とっ……。たった今、その口の利き方から気をつけろって言ったばかりだろう」

「そんな、堅いこと言うなよ〜。いやー、でも、思いがけないところで同級生と一緒になれてよかったわ。だってほら、西都製粉ってけっこう大企業じゃん？　同期全員が大卒って聞いたからさ。さぞ、年功序列で下っ端のド底辺扱いされるんだろうな〜と思ってたから。まあ、だとして絶対に俺のほうが優秀なのは間違いないんだけど！」

ただ、敵も然《さ》る者で、こういうところは境さんを彷彿《ほうふつ》とさせる。

これって無駄に頭がいい人の共通点？

もしかしたら、そこへ大層な家柄とかも乗っかってる？

きっと俺が舐められやすいタイプっていうのが、一番の理由なんだろうが――。

でも、だとしたら余計に腹が立つってものだ！

「だから、俺はあなたの先輩！　どんなにあなたの学力が優秀でも、口の利き方は園児以下！　これ、まったく誉められないところだし、営業部員としては不安要素しかないから！」

「そこは大丈夫～っ。とんでもねぇ災難が降ってきたおかげで、出社までに二ヵ月もあるからさ～。あ、今後も見舞いに来てくれるんだよね？　そしたら、先輩がその社交辞令を教えてくれたらいいじゃん。可愛い可愛い後輩に！」

「っっっ」

あまりにヘラヘラされて、俺はとうとう返す言葉にも困る始末だ。

――どこが、何が、可愛い後輩なんだよ！

本当ならそう叫びたいくらいなのに、怒りに呆れが加わり、声が出てこない。

「というか、俺に親切にしておくといいことあるよ。だって俺、今年度では唯一の幹部候補生枠入社だから～」

「っ!!」

しかも、なんて言った!?

（唯一の幹部候補生？　あ、もしかして、それで第一営業部からのスタート？　適性度外《どがい》視《し》で放り込まれてきたのって、まずは対人スキルを身につけろとか、そういう理由？　もしくは、今のうちにお得意様と直《じか》で顔を繋げとけ？　なんか、虎谷専務がそういうパターンだったって聞いたことがあるから、きっとそれだ！）

俺は今にも膝から崩れそうだった。

よもや、そんな理由で、こんなトンデモない新入社員が回されてくるとは思わなかった。

さすがに鷹崎部長や横山課長相手に、この態度は取っていないと信じたいが――。

(だとしても、こうなったときの俺や森山さんの立場って？　いったいこれから、どうやって接していったらいいんだ？　というか、教育込みなら本社の営業で対応しろよ！　どうしてこっちへ回してくるんだよ!!)

もう、俺は頭を抱えるしか術《すべ》がない。

(鷹崎部長～っ！)

これは帰りの車内で相談だ！

でも、こうした困惑は、俺だけではなかった。

「うわっ……。それは公言するなって言われてないのかよ？」

「――本人的には、ここだけの話のつもりなんだろうな。ってか、そんなの差し引いても、やばくないか？　あれは」

鷲塚さんはまんま頭を抱えたし、小菅さんは失笑だ。

「ヤバいも何も。そもそもどうしてあんなの入れたのか、人事に聞きたいよ。しかも幹部候補生って……。境さんという後継者だけでも、けっこう心配なのに。この会社、将来大丈夫なのかな？」

「……な」

ついには境さんへの不安まで漏らされて、俺は手にしたエコバッグを落としそうになる。

——落とさなかったけど！

「あ、そうだ。このポッポ、せっかくだから一緒に食べようぜ。冷蔵庫に部長たちが入れていってくれた飲み物があるから、好きなの出して。俺は、コーヒーで。あと、お茶がよければ、そこにポットがあるから、お湯沸かしてきてってなるけどさ」

それにしたって、出社初日に怪我を負った気の毒な新入社員が、まさかこんな奴だとは思わなかった。

「小菅さん。何がいいですか？」

「いや、俺。お湯を沸かしてくるわ」

鷲塚さんと小菅さんは、なんかこの時点で開き直ったみたいだけど——。

「寧はどうする？　麦茶と烏龍茶《ウーロンちゃ》、コーヒーと炭酸系が入ってるぞ」

「そしたら麦茶でお願いします」

「了解！」

ここで赤坂ポッポの焼き菓子を食べることになるとも思わなかった。

「うわっ！　この鳩顔クッキー、超目つきが悪くねぇ？　ってか、何このセット。新商品？　鳩顔百面相《ひゃくめんそう》って！　てっきりお持たせ用の定番セットかと思ったのに、めちゃおかしいじゃん！　ってか、これ兎田チャンのセンス？　ウケる〜っ」

しかも、ウケ狙いに走って、実際ウケたのに、こんなに腹立たしく感じるとは思わなかった。

（――鷲塚さんまで微妙な顔してるし。いいじゃん、鳩顔百面相クッキー!!　なんか、目にした瞬間に惹かれたんだよ。入院中だし、少しでも楽しんでもらえたらって思ったんだよ！　ああ！　こんなことなら、家に買って帰るんだった。弟たちなら、これで一時間ははしゃいで、キラキラの笑顔で、ありがとうって言ってくれるのに！）

この場で機嫌と笑顔を保っているのは、もはや犬飼さんだけだった。

いや、もう〝さん〟なんていらないだろう。

同級生と発覚した後輩、半年とはいえ年下の犬飼だけだった！

3

面会時間は八時までだが、俺は長居をするつもりはなかった。

退屈しのぎに相手から話を振られれば――とは思っていたが、それも犬飼の失礼極《きわ》まりない態度にプッンとキレたところで、普通なら帰ってもおかしくない状態だ。

しかし、俺との同級生かつ赤坂ポッポの鳩顔百面相で勝手に盛り上がった犬飼が、自己紹介がてらに――と話し始めて、気がつけば長居することになっていた。

天堂さんなんか、俺たちが飲み物を用意している間に保険会社の担当者を追い返していたから、いつでも帰れる状態だっただろうに――。

「ようは、父方の実家から東都へ通っている間に、シリコンバレーで起業していた親父さんの会社がＩＴバブルで倒産したってことか」

「借金相殺《そうさい》で他社に買収された挙げ句に、両親離婚の一家離散《いっかりさん》って……」

「しかも、一年後には両親共に再婚していて、我が道行ってるって。なかなかハードな展開だな」

それも、流れに任せて聞いてみたら、とんでもない話が続出だ。

俺が感じた西洋人の血？　も当たっていて、母方のお祖父《じい》ちゃんが英国人とのこと。

あとは全員日本人らしいけど、それにしても初対面で聞いていい話だったのだろうか？

本人曰《いわ》く、「隠すことでもないし、あとで誰からともなく噂話が出て——なんていうのも嫌だから」だそうだが……。

それにしたって、まったく悲壮感を感じさせない話っぷりなのが、俺からしたらすごすぎる。おかげで鳩が豆鉄砲を食らったような顔の焼き菓子を手に、同じ顔になっていそうだ。

会話を行き来し、なおかつ突っ込んでいく鷲塚さんや小菅さん、天堂さんが今更だけど、すごいよ！

「でしょう〜。どうも、以前から経営不振で不満たらたらだった母親が、不倫していたみたいで。それで父親があえて自分の母校？　出身大学を俺に薦《すす》めてきて、留守の間に決着をつけたって感じらしいんだけど……。ただ、再婚した母親の相手が買収先の社長なのが解せなくて」

——あ、でも。

俺以外――年上と見てわかる相手――には、少しは口調が丁寧になるのかな？

本当に微々たる程度だけど！

「ただ、俺としては最近になって再婚した父親の相手が金髪碧眼美男だったほうが度肝《どぎも》を抜かれたから。こうなると、もうどっちも幸せならいいんじゃないか？　みたいな感じかな～」

「ぐふっ！」

――と、ここで更に爆弾発言。

俺は飲みかけの麦茶を噴き出しそうになり、慌てて口元を押さえた。

（再婚相手が金髪碧眼美男って!?　お母さんの聞き間違えじゃないよな？　確かにお父さんって言ったよな？）

「大丈夫か、寧」

「は、はい。すみません」

「ごめんごめん。さすがにビックリさせたか。けど、俺もこれを聞いたときに飲みかけの珈琲牛乳《コーヒー》噴いて、目の前のノーパソ駄目にしたんだよ！　いやー、なんか共感してもらって嬉しいぜ、兎田チャン！」

鷲塚さんからはスッとハンカチを出されて、犬飼からはティッシュペーパーを箱毎《ごと》突き出された。

（なんなんだよ、この展開は！）

また俺だけがついて行けてないというか、素《す》で反応しちゃっているというか。

先日の境さんの話もあるから、小菅さんや天堂さんにまで、「まあまあ」「そろそろ慣れような」みたいな顔をされるし！

でも、若干申し訳ないとは思いつつ、これって普通に驚いていい話だよな？

自分を棚に上げて——とは、また違う路線だし。

そりゃ、今日に至るまでに、父さんが獅子倉部長の押しに負けました——とかってことにでもなっていれば、「そうそう。あるある。世の中にはそういうことも！」なんて、さらっと思うのかもしれないが。

——いや、この例えもどうかとは思うが。

「それで、二十歳のときに戸籍を日本と決めて、本格的に移住。その後は祖父母宅から独立するために院へは上がらず、就職したのが西都製粉だったたってことか」

俺が心臓をバクバクさせている横で、小菅さんが話の軌道を戻してくれる。

「ですです。世の中何が起こるかわからないけど、挙げ句にこの怪我だから。もう、人生開き直って笑って済ませていくしかないかな〜って」

「確かにな」

犬飼も何事もなかった顔で、天堂さんもウンウンと頷いている。

「あ、そろそろ八時ですよ」

「そしたら、今日のところはこれで」

「何か必要なものがあれば、後日差し入れるけど？」

そうして気がつけば面会終了時間になっていた。

俺は鷲塚さんの声かけで、ここまで鷹崎部長に一度も連絡を入れていないことに気付く。

残業の具合が気になる。

場合によっては、待たせてるかな？

「あ、そしたらアドレス交換してください。今これって思いつかないので。あと、保険屋が来たら連絡先を転送するので――」

犬飼からのリクエストで、みんながスマートフォンを取り出した。

俺もそれに紛れてポケットから取りだし、鷹崎部長から着信がないかを確認する。

（――あ、今上がったんだ。そのまま会社裏のパーキングへ向かって、車内で待機してるから、近くまで来たらメールか電話を――か）

合流するには、丁度いいようだ。

ただし、会社裏のパーキングってことは、最寄り駅方面だ。

みんな帰りの方向は一緒だし、どうやって俺だけ離脱しよう？

とりあえず駅までは同行する？

もしくは会社に忘れ物したから先に行ってください——とか？

（いや、これは鷲塚さんに相談したほうが、間違いがないかな？）

「ラスト、兎田チャン」

——そうして連絡先の交換が俺の番になった。

俺は自分のアドレスのＱＲコードを出して、相手に読みとってもらおうとしたら、流れのまま先に出された。

「これにメールちょうだい」

「わかった」

とりあえずアドレス帳に登録してから、確認のメールを送った。

一応、挨拶文に部署と電話番号も添えて——。

「Ｔｈａｎｋ　Ｙｏｕ《サンキュー》」

（この調子だと、鷹崎部長や横山課長とも交換したのかな？　さすがに入院初日の処置後じゃ、そこまで元気はないか。というか、さすがはバイリンガル。発音がいい。その分社

会人としての日本語が崩壊気味だけど）

――と、改めて四人分のアドレスを見ていた犬飼がハッと顔を上げた。

それもなぜだか鷲塚さんのほうを見ている。

「鷲塚廉太郎《れんたろう》……？　もしかして俺と同じ東都大学の出――とかですか？」

「え？　ああ」

「うわっ！　やっぱり。なんか、見覚えのある字面《じづら》だと思ったんだ。こんなところでミスター東都かつ主席と出くわすとか、兎田チャン。俺すごくない？」

いきなり聞かれても、俺には何が何やらわからない。

「ミスター東都？　主席？」

ミスターってことは、大学でそういうコンテストがあったのかな？

主席のほうは、当然成績がトップだったってことだろうけど――。

（え!?　私立の東大でトップ？　学年成績とはいえ、トップ!!）

どうりで俺とは頭の回転が違うはずだった。

いや、そもそも企画開発部の開発部寄りにいるって時点で、ものすっごく理系男子だったってことだろうけど。

（それにしてもミスターで主席か――）

しかし、いきなり名指しではしゃがれた鷲塚さんはと言えば、面倒くさそうな苦笑を浮かべていた。

「何？　兎田チャン。年代からしたら、鷲塚先輩と同期だよね？　なのに知らなかったの？　この人、何年ぶりかで出たらしい、見た目も頭も人間性もトップっていう、ダブル称号取った一人だよ。俺の代でもけっこう熱を上げてたのが多――」

それどころか、話を遮《さえぎ》るようにして「ストップ」までかけた。

「その辺りにしとこうか。もう、社会人なんだし」

「……はい」

しかも、何!?　今のやり取りは！

そもそも東都大学って、幼等部だか初等部から大学部まであるような男子校だよな？

そこで熱を上げてってなったら――!?

(も、もう慣れたぞ！　さすがにここでは騒がないからな！　って……。そもそも俺だって一度は鷲塚さんに告白されたんだから、驚いてどうするって話だよな。それ以上に、自分が鷹崎部長に一目惚れみたいなことになっているのに)

まあ、ここはもう無視だ。

それより今の俺には、もっと解せないことがある。

「何？　どうしてこんな失礼な奴が、鷲塚さんのひと睨みで黙るんですか？」

そう！　これだよ。

どうして俺には「三十歳のベビーフェイス」だの「兎田チャン」って言い草なのに、鷲塚さんには「はい」なんだよ！

「小さな世界だが、うちは伝統的に年功序列に厳しい学校だったから」

「そうそう。特にダブル称号の先輩なんて神扱いだ。こういっちゃなんだが、俺は鷲塚先輩がいたから主席しかとれなかった。主席は一学年に一人いるが、ミスターは全学生の中から選ばれるし、該当者無しなんていう年もあるくらいだからさ」

鷲塚さんは「俺に絡むのは筋違いだ」と言いたげだったが、ここまで差を付けられたら、多少は絡みたくもなる。

それでも二人がかりで「身内ごとなので」ってこられたら、それはそうかもしれないし、来る前に小菅さんたちが言っていた「犬飼にとっては共通の話題を持っている人」「安堵できる人」なのかもしれないから、仕方がないけどさ。

「でも、そしたら鷲塚さんが卒業したあとになれるってことじゃないの？」

「察しろよ。入れ違いに見た目と人間性がいいやつが入ってきたんだよ。俺は性格が悪くて論外って言われたんだ。顔だけならズバ抜けていいのにな～だってよ」

「っ！」

――と、なんとなく悔《くや》し紛《まぎ》れで言ったことが、犬飼に刺さったらしい。

ここへ来て、初めて嫌な顔をして拗《す》ねられた！

俺は思わず吹き出しかけたが、しかしここで大笑いするのは、さすがに傷に塩を塗る行為か？

ただ、そう思っている時点で、顔に出ているんだろう。

犬飼がプープー頬を膨らませていて、これじゃあ武蔵どころか七生だよ！

俺は違う意味で「しょうがないな」って気持ちになり、結局はクスクスと笑ってしまった。

おかげで鷲塚さんから「寧」と呼ばれて、その辺にしておけ――と、釘を刺されてしまう。

（うわ～っ。なんか、でも。双葉と隼坂くんが心配になってきた。二人とも国立の東大に受かるといいな。なんか、癖のありそうな人しかいない気がするよ。東都大学って！）

でも、こうなると事前に大学の様子をリサーチしておくことも、大事なんじゃないかと思わせられる。

もちろん、双葉も隼坂くんもしっかりしているから、大丈夫だろうけど。

――なんて考えていたら、鷲塚さんが肩をポンと叩いてきた。

「とにかく時間だし帰ろう。あ、犬飼。何かあったら、俺にメールしろよ。どうでもいいようなことでメールして、周りに迷惑をかけるようなことになったら、大学の評判まで落としかねないからな」

「え～。いや、ここは同部署の兎田チャンに」

「俺が寄こせって言ってるんだよ」

「――はい」

それにしたって、ここまであからさまに態度を変えるって。

犬飼にしても、鷲塚さんにしても……。

「うわ～。聞きしに勝る年功序列だな」

「でも、まあ。鷲塚が面倒を見てくれるなら、兎田たち第一営業も安泰《あんたい》だろう」

小菅さんや天堂さんは、もとからいろんな大学事情に詳しいのかな？

噂以上の縦社会を目の当たりにして、そこは驚いているようだったけど。

「それにしても、ミスター東都か。随分硬派なイケメンでも選ばれるんだな。こういうのって、犬飼みたいなチャラっぽいのが選ばれるのかと思ってたのに」

「だから〝人間性も重視される〟って、言ってただろう」

「そうだった」

ただ、大学の雰囲気みたいなものは知っていても、当時の鷲塚さんのことはそこまで知らなかったんだろう。

これに関しては、犬飼さんのことよりも、鷲塚さん自身のことで驚いているのは、俺と一緒だ。

「じゃ、またな」

「はーい」

そうして俺たちは、病室をあとにした。

（――とはいえ、一人になったらいきなりテンションが下がったりするのかな？　もしかしたら俺たちの前では空元気だったとか）

あまりに衝撃的だったので、逆に俺は考えてしまった。

「それにしても、いろんな意味ですごい後輩が入ってきたもんだな。境さんが入ってきたときの本社先輩たちって、こんな複雑な気分だったのかもな」

「なんにしても、兎田も鷲塚も変に抱え込むなよ。いつでも俺たちに放っていいから。特に天堂は、保証が確定するまでは、ある程度行き来することになるんだろうからさ。甘えられるところは甘えちゃえよ」

「はい」

「ありがとうございます」

だが、同期だけど人生の先輩たちに励《はげ》まされながら、エレベーターに乗り込んだところで、俺のスマートフォンにメールが入った。

（鷹崎部長かな――、え？　次に来るときの手土産は、無修正エロ雑誌とかでヨロシク？　って、犬飼っっっ！）

俺は期待した分、一気にどん底へ落とされた気がした。

（そんなものは自分のスマホで検索しろ!!）

鷲塚さんから「どうした!?」と心配されるような歯ぎしりをしながら、とても下品な返事を打ってしまった。

＊＊＊

病院から出たところで、俺は天堂さんたちから夕飯に誘われた。

しかし、俺は犬飼への憤慨を盾に取り、「ちょっと会社へ寄って残業中の鷹崎部長に報告してから帰りますので、お先にどうぞ」で躱した。

当然、親切な天堂さんたちは、

〝それなら俺たちも行こうか？〟

〝別に待ってるぞ〟

――と言ってくれたが、そこはイロイロ察してくれたらしい鷲塚さんが絶妙なフォローをしてくれた。

〝いや、このさい憤慨中の寧のことは鷹崎部長に諌《いさ》めてもらって、俺たちは今後の対策を練りに行きましょうよ。俺、ちょっと飲みたいし。この先にオススメの居酒屋があるんで〟

〝あ。そうか。それもそうだな〟

〝よし、行こう。じゃあ、兎田。悪いけど、俺たちはここで〟

あっと言う間に一対三に別れて、その場で円満解散。

内心俺は、鷲塚さんの愛犬に対し、

（ごめん。ナイト！　待ちわびてるだろうご主人様の帰りが、また遅くなる。代わりに明日うちへ来たら、いっぱい遊んであげるから。ただし、七生たちがだけど！）

申し訳なく思っていたが、わざわざ会社とは反対側の店を選んで誘導してくれた鷲塚さんには、感謝しまくりだった。

その後の足取りが軽い！

そして俺は、自然と早歩きになるのを押さえられないまま、鷹崎部長が待機していたパーキングへ向かって合流した。

待ちに待ったドライブデートタイムだ！

俺をナビシートへ迎えてくれた鷹崎部長は、

「お疲れ。病院で何か食べたか？　もし腹が減ってるなら、これでも」

肉まんと缶スープまで買っておいてくれて……。

俺は、父さんが夕飯を用意してるかな？　なんて頭によぎりつつも、それを受け取った。

まだ温《ぬく》もりのある肉まんや缶スープに、鷹崎部長の心遣いを感じて、「いただきます」と有り難く食べ始める。

（ホカホカふわふわで美味しい。なんか癒やされる）

量的にも手頃だし、帰宅してもまだ軽く食べられそうなくらいというのも、すごく気遣ってもらった気がして嬉しかった。

しかも、同時に車が動き出したんだが、キーを回してエンジンをかける手がハンドルに流れていくところがカッコよくて、思わず見入った。

俺のことを気にかけながらも、視線は常に前方とバックミラーを行き来して、その横顔もめちゃくちゃ男らしくて、何よりギアを握る手の肩から二の腕がセクシーだ。

仮に同じ車を運転しても、一生俺には醸《かも》し出せる雰囲気じゃないのがわかっているから、ますます惹かれる。

（小腹も満たされたし、今夜も鷹崎部長はカッコいいし、何より俺にとってナビシートは特等席。最高に幸せ！）

それなのに――。

「犬飼自身は部内で話してもOKみたいなことは言ってましたが、俺は部長以外には自分から話す気がないので。一応部長も本人から聞くまでは、聞いてないふりでお願いします」

肉まんを食べ終えた俺は、帰宅のドライブ中、ずっと犬飼から聞いたこと、言われたことを話して、鷹崎部長に聞かせていた。

明日は鷲塚さんと家守《やもり》社長が来てくれて、本格的に二世帯住宅の間取り相談を――って予定なのに。

そんな話もしないで、選りにも選って犬飼の話を！

そうでなくても、貴重なデートタイムだっていうのに!!

まあ、この話の流れ自体は、「それで見舞いはどうだった？」という、鷹崎部長からの切り出しだったんだけど――。

「了解。それにしても、ここに来て鷲塚も大変だな。他部署の後輩の面倒とか。まあ、寧と森山には、心強い助っ人になるだろうが」

「はい」

でも、話を短く纏められなかったのは失敗だ。

俺がグチグチ言っている間も、鷹崎部長は運転をし続けて、気がつけば家の近くのインターまで来てしまっている。

「ただ、俺個人としては、森山と鷲塚に丸投げさせたいけどな」

「やっぱり俺だと舐められますか？」

「いや。境のときもそうだったが、寧はあの手の無作法な奴に懐かれやすいから」

「おちょくられているとしか思えませんけど？」

高速道路を下りたら、そこから十五分もかからないのに、話題は尚も犬飼のことだ。

家に着いてからでは、こんな話もできないだろうから、これはこれで仕方がないけど――。

なんだかすごく、もったいない時間の使い方をしてしまった気がしてならない。

「そう思っててくれるほうが安心だが。けど、俺は寧が呼び捨てにするような後輩だか同級生だかって相手には、嫉妬しか起こらないからな」

「え？」

「あくまでも、俺個人がって話だが」

けど、あれ？　そうでもなかった？

鷹崎部長がふっと口元だけで笑って、俺をチラっと見た。

その瞬間、俺の背筋がぶるっと震える。

「鷹崎部長？」

最近、隙あらばベッドでしか見せて来なかったような表情《かお》をする。

意図しているのか、無意識なのか、どちらにしても俺にとっては危険極まりない。

ところかまわず欲情を誘うから――。

「ここは〝貴《たかし》〟とかって、呼んでみるところじゃないのか？」

でも、今夜のこれは確信犯だ。

犬飼や境さんを出しに、俺をその気にさせて、からかいたいだけだ。

なぜなら、もう家は目と鼻の先。途中で寄り道してどうこうもできないところまで来ているのに、こんなふうに俺をドキドキさせるんだから――。

（鷹崎部長の意地悪！）

それなのに、俺がソワソワしている傍らで、鷹崎部長はしらっとした顔でハンドルを切る。

「――そんな。無理、言わないでください。俺、弟や従兄弟たち以外、名前で呼び捨てなんて、エリザベスたちくらいですよ。同級生だって苗字呼びだし」

「それを聞いたら余計に犬飼に嫉妬しそうだな」

家の前まで来ると、慣れたハンドル捌《さば》きで空きスペースに車を入れる。

いつもなら隣家のエリザベスとエイトが気付いて「お帰り」「お帰り」と吠えるところだが、今夜は遅いこともあり辺りに響くのはエンジン音だけだ。

それも止まると、一瞬にして静寂が訪れる。

時折、聞こえてくるのは、ご近所さん家のテレビの音くらいだろうか？

笑い声も混じっているようだが、それでも微かに耳に届く程度だ。

「その嫉妬は無意味ですよ。あまりの言われように腹が立っただけなのに」

「そもそも嫉妬に、まともな意味があることのほうが少ない気はするけどな。特に、恋愛に絡んでは」

「鷹崎部長」

そうして完全に車を駐めると、鷹崎部長の手が運転席から俺の頬に伸びてきた。

「だから、セクハラしているみたいに聞こえるからって言っただろう」

指先が頬から唇に流れて、どちらからともなく顔を近づけ合う。

「……貴さん……」

ううん。今夜は俺のほうが寄せている。

鷹崎部長の誘いに乗ってしまって、自分のほうからキスをした。

軽く、ほんの少し唇同士が触れるだけのキスだけど。

でも、これだけで今の俺は満たされた。

「やっぱり、今は鷹崎部長がいいかな。これはこれで俺にとっては、ものすごい優越感なので」

「俺には嫉妬させておいて、自分はそれなのかよ」

「いいえ。その嫉妬は言いがかりです」

――だって、俺は鷹崎部長しか見えてない。

誰をどんなふうに呼んでも、貴さんにしか恋していないから――。

4

――帰宅が十時近いし、ちびっ子たちはもう就寝しているはず。

そう思い、インターホンは鳴らさずに「ただいま～」と小声を発して家の中へ入った。

すると、そんな鷹崎部長と俺を真っ先に玄関まで出迎えてくれたのは、二階から駆け下りてきたエンジェルちゃん。

「みゃ！」

一目散に走ってくると、鷹崎部長の胸元へ華麗にジャンプ！

「なんだよ、いきなり」

「みゃ～ん」

そこまで何日も会わなかったわけではないが、エンジェルちゃんからすると「パパ、お久しぶり！」なのかな？

いったん鞄を置いた鷹崎部長に両手で抱っこをされると、胸元に顔を擦り付けて、白くて長い尻尾をフリフリ。めちゃくちゃご機嫌に甘え始めた。

（——ちょっ。可愛いんだけど、かなり羨ましいぞエンジェルちゃん！）

けど、その後は俺のほうにも前足を伸ばしてくれて、「お帰り」「ただいま」な感じて握手。ぷにぷにっとした柔らかな肉球の感触が、エリザベスたちとはまた違っていて、一秒前に覚えた嫉妬など、この瞬間に吹き飛んでしまう。

握り締めた前足を離したその手で、俺は頭から頬から撫でまくりだ。

やっぱり、可愛い！　癒やされる〜っ!!

「思わず笑顔になりますね。毎日こんな生活になったら、今よりもっと帰宅するのが楽しくなりそう」

「本当にな」

鷹崎部長はちょっと照れくさそうだったけど、それでも同居生活が始まったら、こんなふうになる？

場合によっては、おじいちゃんやおばあちゃん、エリザベスやエイトも出迎えてくれたりして？

——と、浮かれつつも、俺はここでハッとした。

（あ、でも待てよ。これって間取りによるよな。明日確認しなきゃ）

そうこうしている間に、今夜は寝ぐずったか何かしたのかな？

薄手のヒヨコ着ぐるみをパジャマ代わりにして寝入る七生を紐で背負った父さんが、リビングから出てきた。

すでに寝間着代わりのスウェットスーツに着替えているから、お風呂も済ませているとわかる。

そして、そんな父さんの姿を見ると、エンジェルちゃんが鷹崎部長の腕から飛び降り、父さんのほうへ駆け寄りジャンプ！

すっかり懐いている。

——が、この抱っこにおんぶ姿は、なんだか最強だ。

全世界までは言わないが、町内のゆるふわキラキラが一身に凝縮されているくらいは言っても過言《かごん》ではないだろう。

「お帰り、寧。鷹崎さん。夕飯は一応用意してあるけど、どうする？　こんな時間だし、多少はお腹に入れてきた？」

父さんも、慣れた手つきでエンジェルちゃんを抱えて、頭を撫でる。

この場にきららちゃんたちがいないからか、いつもよりエンジェルちゃんが甘えまくりに見える。

「どうしますか？　鷹崎部長も肉まんだけですよね？　せっかくだし食べましょうか」

「そうだな。そうしてもらえると有り難い」

「はい。そしたら、父さん」

「了解。直ぐに温めるから」

俺は鷹崎部長に聞きつつ、父さんのあとに付いてリビングへ入る。

「お帰り、寧兄」

「鷹崎さん、お疲れ〜」

――と、こちらもすでに風呂上がりとわかるスウェットスーツ姿の双葉と充功が、キッチンから珈琲の入ったマグを手に出てきた。

俺と鷹崎部長も、まずは「ただいま」と返す。

「きららたちは士郎が寝かせてくれたから、たまには二人で晩酌《ばんしゃく》でもしたら？」

「そうそう。俺たちももう、上がるしさ」

これから勉強なのか、用事があるのか、やけにあっさりしている。

単に気を遣っているんだったら、有り難い反面ちょっと寂しい。

そうでなくても、両手がちびっ子たちを抱えたくて、うずうずしているのに！

かといって、せっかく寝ている七生を起こすわけにもいかないし、せめて懐いて来いよ次男・三男！

——なんて思う俺は、自分が遅く帰ってきた癖して、わがままだ。

誰より子離れできないタイプかもしれない。

「ありがとう、双葉。充功も。——あ、そうだ。これ、今日本郷常務に会ったんだけど、ご家族でって。主に父さんと充功にってことだと思うんだけどさ。先日、本郷さんがうちへ来たから」

ただ、これだけは渡しておかなきゃ。

俺はエコバッグに入れてきた本郷常務からの頂《いただ》き物を、丸ごと充功に差し出した。

父さんはエンジェルちゃんを床へ下ろすと、二人と入れ替わるようにキッチンへ入っていく。

「え～。気にすることないのにな。本郷常務はあくまでも寧の取引先の、それもお得意さんなのに」

「ここは本郷さんの身内としてってことじゃないか？」

「だろうね。気持ちだからいただいて、充功も次に本郷さんに会ったら、御礼を言えばいいよ。父さんもそうするから」

「了解。そしたら有り難く開封！」

双葉と父さんに促されて、充功が手にしたコーヒーカップを双葉に預ける。

「まずは、うちでは買わない銘菓《めいか》のカステラが二本！　そして、これは――、ハッピーレストランのおまけ？　あ、そうか！　これがさっき、きららが目を輝かせて見ていた新聞広告のやつだ。今週末から始まるドールハウスシリーズの第一弾！」

バッグの中を覗き込んで、早速中身をダイニングテーブルへ並べていく。

すると、カステラの箱とは別に、個別包装された子供の掌サイズの家具っぽいプラスチック製のおもちゃが出てきた。

木製品っぽい色味ってことは、男児女児兼用かな？

ベッドにテーブル、ソファに本棚。シンプルだけど、そこはかとなくお洒落感が漂っている。

あとは、本！　多分、本棚に入れて遊ぶパーツかもしれないけど、十冊分くらいあった。

これには自分で貼り付けるカバーのシールまで付いていて、なんか面白そう。

「本当だ。すごい偶然。それこそ今し方二人で、明日は寧兄たちが隣で話し合いだし、ランチがてら連れて行ってやろうかって話してたんだ。これって大人子供に関係なく、一食毎に一つもらえるやつだから、俺たちだけでも七つは揃うだろうからさ」

双葉が一つ一つを手に取り、俺と鷹崎部長に見せながら説明してくれる。

俺たちは上着も脱がない、鞄さえ置かないまま、それをまじまじと見つめてしまう。

「そうなんだ。お子様専用のおまけじゃなくて、大人ももらえるのって斬新《ざんしん》だね」

――なるほど！

それで木目の家具だったんだ。

男女兼用というよりも、大人も子供も兼用ってことで。

「どの道、支払いは大人だし、誰でももらえるなら種類があっても集めやすい。それに、収集癖は大人のほうが発揮できる。個人で集めるにしても、子供に遊ばせるにしても、なんとなくもらうにしても、お得感も印象づけられるしな」

ただ、ここでハッピーレストランの販売戦略に目を向けたのが鷹崎部長だ。

持っていた鞄をダイニングチェアへ置くと、その手でオマケのひとつ――本棚を手に取った。

なので俺も即、便乗。オマケの中から十冊入りの本を取る。

袋の上からとはいえ、実際手にしてみると、ワクワク感が増した気がする。

「あと、これだと子供に頼まれて、ランチ通いするサラリーマンも出てきそうですよね？というか、俺なら通っちゃいそうです。なんなら鷲塚さんとかにも声をかけて」

「寧兄、まんまとハッピー戦略に填《は》まってるよ」

「でも、そういう狙いもあると思うんだよ。絶対に」

双葉には笑われてしまったが、俺は自信を持って断言できた。

と、同時に。一つの部署に俺みたいなのが一人でもいれば、自然とランチ場所を選ぶときに、ハッピーレストランっていう選択が増える。

そこへ個人的に填まった独身者がいたら、確実に足を運ぶ回数が増えるってことだ。

大人でももらえるオマケだからこその効果だろうし、中には受け取りを断る人だっているだろうから、必ずしも一食につき一個必要とも限らない。

しかも、帰宅後に「今日は新しい家具をもらってきたよ～」「わーい」とかってなったら、家族内の話題も増えて、まさにハッピー戦略だ。

——え!?　また外食したの？　とかって突っ込みを食《く》らわなければ。

だって、これが一大ブームなんていうのにならなくても、日々の顧客がじんわり増えるだけで成功だ。

ようは、日常的な外食の中で、他店より自店を選んできてもらえる回数が増えればいいだけなんだから。

「ちなみに、ハッピーレストランのカードやアプリで会計ポイントを溜めていくと、レジでドールハウスの折りたたみルームがもらえるぞ。紙製だけどかなり凝《こ》ってて、種類が豊富。それこそきららの目がキランキランだった」

また、思いのほか俺たちがオマケに気を取られたからか、充功がスマートフォンで「こんなのもあるよ」と見せてくれた。

（カードだけでなく専用アプリ！　ってことは、いずれ冷凍食品の通信販売が始まったときに、気軽に通販することもできるんだ。それに、通販だって限定おまけがつけられる。それこそ折りたたみのアイテムとか、完成品でも嵩張らないものなら邪魔にならないし。今からこのシリーズをスタートさせて、一定数のファンを作っておけば、いろんな売り込みに利用できるってことか）

すっかり仕事モードになっている俺は、充功に見せてもらったアプリから、自分ならどうする、こうするなんてことまで頭の中を駆け巡る。

それにしたって、オマケそのものに魅力がなければ、痛いだけの出費だ。

でも、このオマケはなんか惹かれる。

逆に子供目線だとどう映るのかがわからないけど、今どきはお洒落な子も多いから、普通に飾って楽しめそうかな？

少なくとも、きららちゃんは目がキランキランだったらしいし。

それに、ポイントでもらえる部屋の壁紙なんかも、いろいろあるけど、どれもおしゃれだ。ちゃんと家具と合うようになっている。

いや、この場合は、どんな壁紙にも合うように、家具がシンプルな木目なのかもしれないけど。

「鷹崎部長。これ、折りたたまれている紙を開いたら部屋になるみたいです。しかも、ポイント毎に大きさが違いますけど、一番小さいのにはサービス版があって、なおかつ最低ポイントのものでも、家族三人で一回の食事をしたらもらえる感じです。そこにアイテムを三つもらえたら、それだけでも子供部屋くらいは完成しそうですけど――」

俺は充功のスマートフォン画像を鷹崎部長にも見てもらって、更に意見を聞く。

ここで気になったのは、一回の食事で揃って満足してしまったら、再来店が望めないいんじゃないかってことだ。

逆を言えば、一人で集めようと思ったら、これくらいでないと最初の部屋作りさえ難航してしまう。それこそサービス版ルームをありがとう！　だけど。

「とりあえず、今後の宣伝のために新規のアプリでメールアドレスの登録をしてもらうだけでも、第一段階は成功だろうな。そのために、あえて最初はハードルが低く設定されているだろうし。コレクションのための再来店は、むしろ二の次、三の次くらいなのかもしれない」

ただ、鷹崎部長からすると、やっぱりオマケはオマケという考えのようだった。

しかも、充功が見せてくれた画面に指を伸ばすと、スクロール？

「それに、ほら。ここにまだ見本の貼られていない交換ルームが控えてる」

「あ、本当だ」

次のページには、確かに今後を思わせるような予告画面っぽいものがあった。

さすが鷹崎部長、細かく見ている。

「期間としても第六弾、三ヶ月先まで設定されているし、これからキッチン、リビング、ダイニングなんかが順番に出てきて、それらに関係するオマケが配布されることも想定できる。が、そこまで収集できるのは、既存の日常的な利用者かコレクターだろうから。まずは今後の宣伝手段のための登録者を増やすことが本命じゃないかと思うぞ」

なるほど――な、意見だった。

確かに、これまでにはない形でのオマケ目当てで、来店者が増えるのはいいことだ。けど、どんなにいつにない長期戦であっても、これはあくまでも一時的なフェアだ。もっと先まで見据えるなら、やはり顧客と直接繋がり、ダイレクトにフェアや新メニューのお知らせなんかができるほうが、企業宣伝としては有益だろう。

それこそテレビCMを一回製作して流す予算を考えたら、その分でアプリの製作や管理費用、オマケ費用なんかも、それ相応に捻出できるだろうし――。

(でも、こんなときでも鷹崎部長は、食育シリーズの冷凍食品化のための布石《ふせき》だろうとは口にしない。俺も一応意識したけど、正解ってことでいいんだよな。何せ、ハッピー側がまだ発表してないことだし。家族であっても、ここは社外秘ってことで)

「わ！　鷹崎さんの仕事モードな顔や目つきって、なんか違う。更にイケメン！」

「本当。それに寧兄にしても、会社だとそんな顔をしてるんだ。想像と違う。思った以上にキリッとしてる」

するとと充功と双葉がはしゃぎ始めた。

これを耳にした父さんが肩で笑ったのが見える。

「え？」

「何だよ、急に」

いきなり話を変えられた鷹崎部長と俺は驚くやら、照れるやら。

もっとも、帰宅してまで仕事の話をしなくてもっていう、裏返しかもしれないが――。

「いや、だって。オマケ一つで顔つきを変えるから、勤め人ってすげーなと思って」

「そうだよ。やっぱり家にいるときとは、違うんだなって。普通に感心しただけ」

さすがに勘ぐりすぎたようだ。

ここは素直に誉められておくことにしよう。

実際、仕事モードの鷹崎部長がいつにも増してイケメンなのは間違いないし！

「そう。なら、ありがとう」

「それで明日は、みんなをランチに連れて行ってくれるんだよね？　そしたら食事代を」

話を戻すと同時に、鷹崎部長がスーツの胸元に手をやる。

しかし、そこは充功が待ったをかけた。

「いや、俺たちでって決めたからいいよ」

「そうそう。この前伯父さんたちから、景気よくもらったお小遣《こづか》いもあるからさ」

「じゃ、そういうことで」

ここで話を切らないと、結局鷹崎部長にお金を出させてしまうとでも思ったのか、二人はカステラやオマケを袋に戻して、そそくさとリビングを出て行こうとした。

「あ、充功。ごめん。上がる前に、もう一つだけいい？」

何度も引き止めるようで悪かったが、俺は気になっていたことを思い出して呼び止める。

「――何？」

「役はさておき。充功は、にゃんにゃんの舞台に出たら、それが芸能界デビューってことになるの？」

「は？」

「ごめん。今更な質問だよね。ただ、そういうことになるのかな？　って。よくわからなかったから」

かなり間抜けなことを聞いた自覚はある。

しかし、これには充功自身も真顔でポカンとしていた。

「――あ。俺もよくわからねぇかも。気にしてなかったわ」

「いや、一応〝デビュー作〟とか〝初舞台〟ってことになるんじゃないのか？　ただし、その後も芸能活動的なことを続けたらって話だろうけどさ」

すかさず双葉が意見をくれたが、そう言われると確かに！　と思える。

横で聞いていた鷹崎部長や、キッチンにいた父さんも俺と大差のない反応だったし、こうして見ると俺たちはこの手のことには揃って疎《うと》いことがわかる。

それなりの答えを導き出せるのは、いつも双葉か士郎だ。

「あ、そうか。確かに、その後に活動しなかったら、デビューも何もないもんね。すぐに受験体制に入るし。それに、そもそも充功の場合、これからも、こうした活動をするのかどうか、やってみないとわからないしね」

「うん。そういうことになるんだろうな。ただ、今日が正式な合格者通達だったんだけどさ。劇団の連中のほうは、なんかこのまま――みたいなふうに思っている感じ？　端役《はやく》であっても、すごいよ。しかも、あの奇っ怪な音痴のおかげで受かるとか、むしろ伝説を作ったな。おめでとう！　これを機に――的なメールがジャカジャカ届いたんだけど」

でも、ここで聞いておいてよかった。

実のところ、充功に合わせた役を作ってまでのイレギュラー合格って、周りの仲間にはどう思われるんだろう？

やっぱり原作者の息子だからって贔屓《ひいき》だとか、やっかまれたりしないかな？

今になって僻《ひが》まれて仲間外れとか、悪い想像もしていたから。

もちろん、俺が知る限りでは、すごくプロフェッショナルかつ、いい子に囲まれているのは知っていたけど。人の感情ってそのとき次第だし、そういいようにばかりは動かないのは、俺にも覚えがあるから。

実際小中学校では、「兄弟が多いってだけで目立ちやがって、生意気だ」とか、だからどうしたとしか言いようのない絡みを受けたことも、数え切れないほどあったしね。

ただし、充功としては、歓迎されすぎても困るだけだよ――ってことのようだけど。

「でも、そこは本郷さんが〝勝手に決めつけないように〟って、セーブしてくれたっぽい。俺が変なプレッシャーを感じても困るし、今は舞台後すぐに受験ってところまで決まっているから――って」

「なるほど。本当に、気を遣ってもらってるね。今度、本郷常務に会ったら、俺のほうが手土産を持って御礼をしないと」

「だな！　そこはヨロシク」

何から何までフォローがされていて、俺は安堵で胸を撫で下ろした。

鷹崎部長や父さん、双葉にしても、このあたりは俺と一緒のはずだ。

「ところで、充功くん。舞台や練習参加で、学校の出席率は大丈夫なの？」

すると、引き止めついでか、鷹崎部長も質問をした。

さっきから立ち話が続くけど、座って話すほどでもないって雰囲気が、逆に聞きやすいし、答えやすいのかな？

――ああ、それね。と、充功もさらっと返事をする。

「そこは詳しいスケジュールが出たら、父さんが学校に行ってくれることになってる。一応顔合わせ、台本読み、立ち稽古《げいこ》、リハーサル、本番みたいな感じで進むとは聞いてるけど。でも、夏休み公演から逆算して、立ち稽古に入るのが一ヶ月前くらいって言ってたから、いきなり毎日通えとかってことではないっぽいから、出席日数は問題無さそう」

「そういうものなんだ」

「うん。だから、今しばらくは、これまで通りの週末レッスンで、にゃんにゃんのほうで動くのは、台本読みからとしても、五月の後半か六月の頭くらいじゃねって、他の合格者たちは予想してたかな。ただし、キャスト発表とかは先行チケット販売の関係もあるから、来週中にはされるだろうって話だったけど」

「来週なんだ！」

それでも、出席日数に問題がないと知ってホッとはしたけど、これまで耳にしたことのなかった段取りみたいなものや、更にはキャスト発表とかを聞くと、またしてもそわそわしてきた。

「でも、メインキャストだけだろうから、そこは俺には関係ないから」

当の本人が、やけに平然としているなと思えば、そういうことか！

確かに、適役で新キャラを作るとは言っていたけど、原作に支障がないのは下っ端だ。どうやっても動かしようのない適役のトップはサタン様だし、真っ先に主人公たちと一緒に配役名が出るのは、側近《そっきん》やデビルくんまでだろうからな。

俺は今一度安堵した。

「そうか。あ、それでうちまで来たバラキエルくんは、受かったの？」

「ああ。楽勝って感じ？　忖度《そんたく》だの裏工作なんかなくても、実力が全然違うって言うのが、素人目《しろうとめ》にもわかるやつだから。ただ、白猫がな——。よもや、まさかの落選で。しばらくはそっちのフォローのが大変だと思う」

気が緩んで口走ったのが悪かった。

見る間に充功の表情に、影が落ちる。

「え、あのツインテールの子だよね？　あんなに白猫ちゃんっぽい子だったのに？」

「——ん。こればっかりは、よくわからねぇけど。ただ、白猫は主役だけあって、やっぱり激戦だったみたいだ」

「そうか」

それにしたって、当たり前のことだが、受かる子がいれば、落ちる子がいる。

受験でもオーディションでも、競争や選考がある限りそれは同じだろうけど、本当に厳しい世界にあの子たちは身を置いているんだな——と、改めて知る。

「ただ〝間違っても同情するな。私はすでに次の役を探して目指すから〟って一斉メールが来てたけどな」

「合否《ごうひ》の出た当日にそれって、すごいメンタルだね。仮に強がりであっても、そうした形で仲間に気が遣えるって、それ以上に優しい子なんだろうけど」

「まあな。あそこの連中は、口は悪いけど、性格はいい。何よりプロ根性の塊だから」

そして、こんなときでも自慢できる子たちと知り合い、練習を共にしてきたから、今の充功がいる。

全員が同い年というわけではないが、これまでとは違う世界で年の近い子の真剣な姿を目にしたからこそ、いい影響を受けたり、学ぶことも多々あったのだろう。

俺としては、素敵な仲間たちに感謝するばかりだ。

「なんにしても、充功は充功で、できることをするしかないもんね」

「ああ」

これには鷹崎部長や双葉も、顔を見合わせながら微笑を浮かべる。

そして、父さんはと言えば、七生を背負ったままだというのに、温め直した夕飯をダイニングテーブルへ並べている。

――それくらいはやるのに、気づけなかった。

「寧。あとは任せるよ。本当は父さんもお邪魔したいんだけど、今夜はもう少し仕事をして、明日に備えるから」

「わ！　晩酌セットまで。ありがとう。ちゃんと片付けておくから、安心して。それより、無理しないでね」

今夜のメインはメンチカツとコロッケに千切りキャベツ。

　でも、テーブルにはそれ以外にも、だし巻き玉子や大根おろしのしらす乗せ、ししゃも焼きや缶ビールなんかも置かれていて、おにぎりまである。

　父さん、サービス満点だ。

　味噌汁だけは自分たちのタイミングで温めて――ってことだろうが、むしろ有り難い。

「ありがとう。でも、たまには酔っ払って、そのまま寝ちゃってもいいからね」

「そうそう。そしたらきっと、鷹崎さんが片付けといてくれるだけだから」

「こら、充功！」

「へへへっ。じゃ、おやすみ〜」

「俺も。おやすみ〜」

　しかし、ここで父さんたちを見送った俺は、フッと目覚めて顔を上げた七生と目が合った。

「あーっ！　ひっちゃーっ」

　一瞬にして、つぶらな瞳がパッと開いて、俺を指差してくる。

「こら、七生。どうしてここで起きるんだ」

「ひっちゃ〜っ。きっパ〜。抱っこ〜っ」

　背負っていた父さんは、今にも頭を抱えそうだったが、七生は仮眠を取ったためか、最高に元気だ。両手を俺たちのほうに伸ばしてきて、ヒヨコルックでピヨピヨ。

可愛いなんてものじゃない！

もちろん、時間も時間だから、本当はこのまま父さんに連れて行ってもらって、寝かしつけてもらうほうがいいんだけど。

でも、これから父さんも仕事だし――。

というのは、どう考えても自分への言い分けだ。

「いいよ、父さん。俺も抱っこしたかったところだから、このまま俺が寝かせるから」

帰宅してからずっと両手が物寂しくて仕方のなかった俺が、この「抱っこ～」催促に逆らえるはずがない。

自分のほうから父さんのおぶい紐を外しにかかり、抱き付いてくる七生をそのまま抱っこして、頬ずりして、チュウまでおまけに付けて、お尻もポンポンだ。

直《じか》に触れなくなる紙オムツのパフパフ具合まで堪能しつつ、ぎゅっと抱き締める。

「ひ～っちゃ」

「ただいま、七生。今日もちゃんと、いい子にしてたか？」

「あ～い。ひっちゃ、だいだいよ～っ」

（ああ!!　やっぱり、これだよこれ！　可愛い！）

俺は、七生からも頬にチュウしてもらって、さらにギュウギュウ抱き締める。

この時点で父さんは完全に頭を抱えて、鷹崎部長は口元を利き手で覆っている。

――めちゃくちゃ笑ってる！

「あーあー。こっちがせっかく気を遣ったのに、これだから寧はよ」

「本当。鷹崎さんじゃなかったら、絶対に捨てられてるよ。というか、すみません。兄弟揃って、こんなで」

しかも、充功と双葉ときたら――なんだよ、その言い方は!!

自分たちだって、一日に二、三回は弟たちを弄《いじ》り回して、ぎゅうぎゅう抱っこもしているくせに！

決して一回でもないくせに！

「いや、そこはもう、お互い様だよ。それに、俺もここの生活に馴染んできたのか、エンジェルだけじゃ物足りなかったから」

「みゃ!?」

「ふへへっ～。きっパもね～っ」

それでも俺は双葉の言うとおり、鷹崎部長に感謝して、決して逃げられないように気をつけるしかないのだろう。

こんなときでも、笑って七生の頭を撫でて、飼い猫にちょっと焼きもち？　を焼かれるような人は、そういない。

それこそ性別も何も関係なく、俺のブラコンを許容できる人なんて、そうとう稀少なんだろうから。

「寧。マジで鷹崎さんは逃がすなよ」

「充功！」

「それじゃあ、今度こそ、おやすみ～っ」

俺は最後まで充功たちにからかわれつつも、七生を抱っこしたまま放さなかった。

ただ、さすがに三人と一匹になったところで、急に静かになったけど――。

「あ、鷹崎部長。着替えてください。俺も着替えますので」

「ありがとう」

俺はリビングから続く和室へ鷹崎部長を誘導してから、いったん七生を下ろした。

「ひっちゃ～っ。なっちゃも、うんまね～っ」

「七生はもう、ご飯を食べただろう」

足にしがみついて、お尻をフリフリしてくる七生の相手をしながら、二人分の着替えをタンスの中から取り出す。

屈《かが》んだ俺の横では、鷹崎部長が一息吐きつつ、ネクタイに手をやる。

衣擦《きぬず》れの音を立て、するりと外していく姿が、なんとも言えずにセクシーだ。

正面から見てもドキドキするのに、こうして下から見上げると、いっそう胸が高鳴る。

厚みのある胸元から首、顎にかけて見上げた感じが男らしいというか、骨格がしっかりしているというかで、今にも頬が火照《ほて》りそうだ。

「うんまよ～っ」

「――もう。少しだけだよ。ちゃんと歯を磨いて寝るんだからな」

「あ～い。やっちゃ～っ」

「みゃんっ」

ある意味、七生にせがまれ、エンジェルちゃんにまで懐かれていたのは、いいストッパーだったかもしれない。

そうでなければ、ここでも欲情していただろうから――。

(鷹崎部長。貴さん、大好き)

そうして家着に着替えてから、俺たちはダイニングへ移動した。

すっかり目が冴えたらしい七生はししゃもを手に、隣に座ってきたエンジェルちゃんにお強請《ねだ》りをされて、さっきの俺ではないが攻防をしている。

「えっちゃにゃん、うんまちたでちょ」

「みゃ〜っ。みゃ〜っ」

「うーんっ。ちっとよ？」

「みゃ！」

――さすがは俺と同じ血だ。

あっさり負けていたけど、言葉通りししゃもを小さくちぎって、本当に身の部分をちょっとだけ嘗めさせていた。

ヒヨコが猫の餌付《えづ》けをしているようで、これまた微笑ましい。

一緒に見て微笑む鷹崎部長の目が、いつにも増して優しい気がする。

「この家には、世界中の幸せが集まっているな」

「え？」

ふっと言われて、俺は素で驚いた。

俺でも町内レベルで止めたのに、まさか鷹崎部長のほうが世界基準でくるなんて。

「自然とそういう気持ちになる。きららも俺も幸せだ」

「みゃんっ」

「エンジェルもな」

ああ、でも――。こういうことに、変な遠慮はいらないんだな。

そもそも幸福なんて個人の感情だ。

自分がそう思う分にはそうだし、何より大好きな人が同じ気持ちでいるなら、これ以上に幸福なことなんてないだろう。

「なっちゃも～っ」

「そうだね」

それに、こうしていつも調子よく合わせてくる七生もいるのだから、そんな七生の幸せを少しでも否定するようなことには、ならないようにしたいしね。

間違っても、辛い、きつい、悲しい気持ちで「なっちゃも～」は、して欲しくない。

それは家族や友人知人、全員に言えることだから。

「幸せなのは、お互い様ですよ。鷹崎部長たちが来るようになってから、俺たちもこれまで以上に幸せで楽しいです。そしてこれからは、もっと――」

俺は、一杯だけとビールを注いでもらったグラスを手にすると、改めて鷹崎部長に差し向けた。

するとと鷹崎部長もグラスを寄せてくれて、

「ああ」

極上な笑みを浮かべて、二度目の乾杯をしてくれた。

5

なんだか忙しくも濃密な一日を終えて迎えた週末、土曜日——早朝。

俺は二階の子供部屋で目を覚ました。

（あ、小鳥のさえずりが聞こえる——）

結局あれから鷹崎部長と少し話して、お風呂に入って。「やっぱりきららちゃんの寝顔を見たいですよね？」って言ったら、クスクスっと笑われた。

その後に「寧もだろう」って返されて、俺まで笑いながら二階へ上がったんだ。

二階では、武蔵、士郎、樹季、きららちゃんが並んで寝ていて、みんな可愛くて仕方がなかった。

それでこっそり布団を敷き足し、俺と七生は武蔵の隣へ。

鷹崎部長はきららちゃんの隣へ横になって、今に至るからだ。

ちなみにエンジェルちゃんは、鷹崎部長ときららちゃんの間に埋もれて、これまた幸せそうな就寝だった。

（鷲塚さんと家守社長が来るのは、昼過ぎだっけ？　なんか、ドキドキしてきたな）

アラームもセットしていないのに、緊張から目が覚めたらしい俺は、しばし布団の中で考える。

今日は、いよいよ二世帯住宅、三世帯和気《わき》藹々《あいあい》生活のための間取り相談だ。

とはいっても、いきなり全部を決めるわけではなく、部屋割りのイメージや希望を聞きたいと言うことだった。

それを家守社長がいったん持ち帰り、後日に何パターンかの簡易図面を起こしてくれる。

そして、次はそれを見ながら相談、決定。

そこから先は、いよいよ工事に入って、早ければ夏休み前には改築完成？

ききらちゃんの転園のこともあるので、できるだけ夏休みの間には引っ越しが済ませられるように――という配慮までしてもらった進行予定だ。

ただ、そう考えると、充功の初舞台も夏休みだから、きっと我が家は心身共にドタバタ状態だろうな。

――なんて、考えていくだけでも、ますます鼓動が早くなる。

（落ち着け、俺。深呼吸、深呼吸っと）

それにしても、家守社長の対応は親切丁寧だ。

なのに、どうしてあんな失礼な営業がいるのかとは思うが、そこは今思い出しても仕方がない。

それに、元ある家を二世帯分にすると言っても、事情が特殊だ。俺たちとしては、単純に三世代で住むような感覚だが、世間から見たらそうではないだろう。

そもそもおじいちゃんが自宅を二世帯に改築すると言い出したのだって、俺と鷹崎部長の新居を違和感なく用意するだけでなく、「鷹崎」名義の表札やポストをさも当然のように出すためだろうし。

この辺りは、ここへ越してきてからの鷹崎部長ときららちゃんの生活を、一番に考えてくれたんだと思う。

士郎どころか、父さんとも一緒になって「町内会でのことは安心して任せていい」とか「婦人会の噂好きには、ばあさんが根回しをするしの～」とか、はりきっていたので。

ただ、おじいちゃんたちが、ここまで用意周到に立ち回っていることから、家守社長もものすごく丁寧かつ慎重に進めてくれているのかな？　とは思う。

鷲塚さんは、

〝基本、家は一生に一度の買い物だし、死ぬまで住む場所だ。そう考えたら、住む者が納得した形に作り上げるのは、必要最低限のこと。そこに手間暇《てまひま》を惜しんだら、信用にかかわるからな――が、身上の人だから〟

――と、言っていたけど。

〝ただ、それで起業当時は採算が合わなくて、注文住宅から建て売りメインに切り替えたんだ。理想は理想として大事だけど、現実的に一家全員が納得するような家を建てられるほどの所得の家は、今の時代じゃ限られている。そもそも素人考えだけで、一〇〇％希望通りの家が建つわけがない。法で定められた建築基準があるんだから、その枠の中で最高の家を提供したいなら、本人の希望は七割に留めて聞くか、自分たちが理想の家を作って提供するしかないでしょう――って、母親からズバズバと言われた結果な〟

でも、俺からしたら、その後に付け足された話のほうが、度肝を抜かれたというか、

「お母さんっ!?」って感じで。

ナイトやヒト型ロボットのソルトくんたち相手に、ゆるふわっとしていたイメージしかなかったのに、一気に母は強し！　と、印象が一変した。

どうやら鷲塚さんの性格や理系なところは、鷲塚という苗字に男のロマンを覚えるお父さんより、ニコニコしながら実はシビアで超現実的な目を持つ、お母さん似らしい。

そう考えると、うちの両親と力関係が似ているのかも？

ただし、本当に怒らせたら怖いというか、存在自体を無いことにされちゃうのは父さんのほうだから、そこはどうなんだろう？

なんだか、鷲塚さんのお父さんのほうが、そこも甘そうな気はするけど。

（それにしても、いざ物事が動き出すと、本当にドキドキの連続だな。間取りの希望とかって言われても、ここに自分の部屋もあるし。あ、これって俺も一緒に引っ越すのか？でも、七生が起きてきて、毎朝起こしてきたはずの俺がいなかったら、わんわん泣きそうだけど――。って、そういう話じゃない？　なんか、今日まで間取りに対して、何も考えていなかったツケが、一気に回って来た気がする）

とはいえ、家の持ち主はおじいちゃんたちなのだから、概ねはおじいちゃん、おばあちゃんが決めるものだと俺は思っていた。

鷹崎部長もそうだ。

おばあちゃんは「寧ちゃんたちが住みやすいように、家事がしやすいようにしていいのよ」って言ってくれるけど、それはそれだ。

ただ、変に遠慮しすぎても、せっかくの好意を無下《むげ》にしかねないので、そこは場合によっては部分的にこちらで出費するのはどうだろうか？

仮にそれが、住宅展示場で大いに盛り上がった〝アイランドキッチン〟みたいなものなら、家具として搬入するくらいの解釈をしてもらって、こちらでその分を支払う——みたいな話も昨夜はした。

うん。俺としては、あのときのきららちゃんや七生たちの笑顔が忘れられなくて。

あとは、みんなでキッチンを囲めるって、いろんな意味で和気藹々度が増すな、絶対におばあちゃんも嬉しいはずだとも思って。

そこだけは「こういうパターンも考えたけど、どうだろうか？　そうなったら、貯金を崩してもいい？」と、寝る前に父さんへメールも送っておいた。

鷹崎部長は「そこは俺が支払うし」って、笑って言ってくれたけど。

でも、最低でも何十万円から、グレードによっては百万円を超える品だ。「ありがとうございます！　お願いします」ってわけにはいかない。

免許を取っても、マイカー購入さえしたことのない俺からしたら、人生最初で最後の大きな買い物になるかもしれないが——。

（……あ、なんか頭が痛くなってきた。仕事では、もう桁違いな金額の取り引きをするようになっているのに。やっぱり自分の買い物ってなると、緊張感が変わるのかな？　すでに支払う覚悟でいる双葉の学費のほうが、どう考えたって高いのに。やっぱりものがキッチンだから？　いや、自分の買い物って枠だからだよな）

何か、どこか心配するところがズレている気がしないでもないが――。

「わ！　ひとちゃんだ!!」

でも、そんな俺の頭痛は、鶴《つる》の一声ならぬ武蔵の一声で吹き飛んだ。

隣で寝ていた武蔵が、俺に気付いたと同時に、ガバッと起きた。

それも、キラキラな目をして、抱き付いてきたからだ。

（可愛い――っ。寝ぼすけな武蔵が、遠足でも七生の面倒でもなく、俺でもこうやって起きてくれるんだ！　嬉しいよ～っ）

――ああ、でも。ちょっと情緒不安定なところはあるかも？

これもある種のマリッジブルーみたいなもの？

こんなに幸せなのに、初めて経験することばかりが続いて、それを丸ごと上手く楽しめないから、不安が起こる？

我ながら、面倒くさい状況に陥っている。

「寧くん！　あ!!　きららパパもいる！」

「わ～い。ウリエル様、パパ、おはよーっ。あ、おかえりなさいもね！」

それでも樹季が起きて、きららちゃんが起きると、薄暗かったはずの部屋がパッと明るくなったように見えた。

正直に言うなら、ここから先は鷲塚さんたちが来るまで、あれこれ考える暇もないだろう。

けど、それが俺には合っている。忙しいほうが余計な心配をしないし、むしろ目まぐるしいくらいのほうが、気分が下がることがない。

しかも、周りの騒ぎで起こされたのか、武蔵を乗り越えて到達した七生に蹴られて起こされたのか、起き抜けでノー眼鏡の士郎を見ると、いっそう微笑ましくなる。

「七生が爆睡《ばくすい》で起きない。さては、寧兄さんや鷹崎さんが帰ってきてから、はしゃいで夜更《よふ》かしした な」

「申し訳ない。名推理だ」

とうとう鷹崎部長まで起きてしまった。

それも士郎に昨夜の甘やかしを見抜かれて、なんだか恥ずかしそう。

「きっパ～」とお強請りをされて、高い高いから飛行機ぶーんまで、出血大サービスだったからな。

「僕が七生なら、きっと同じようにはしゃいじゃうと思うので」

――と、士郎が枕元に置いていた眼鏡をかけた。

途端に語尾が凜々しくなって、笑顔も知的だ。

このオンオフもなかなかすごいぞ！

「規則正しい、士郎くんが？」

「僕だって、休日前夜に目が冴えたら、開き直って楽しみますよ。七生が我が物顔で甘えてわがまま言っただろう姿まで、想像できますしね」

「——それは、いいことを聞いた。でも、きっと寧は、みんなが起きているときでも、士郎くんの甘えもわがままも喜んで聞くと思うよ。もちろん、俺も」

「そこは僕もお兄ちゃんなので」

「そうか」

戸惑いも躊躇いも何もない。起き抜けの布団上だというのに、鷹崎部長と士郎から出てくる自然な会話と笑顔が見ていて心地いい。

本来士郎は警戒心が強いから、余計にそう感じるのかもしれないし、起き上がったエンジェルちゃんが士郎に抱っこを求めたりしているのも、また幸福度が増す。

「うわーい。ひとちゃん、ぎゅーっ」

「ウリエル様、ぎゅーっ」

そこへ尚もイチャイチャ攻撃が続くのだから、幸せしかない。

俺は三人纏めて抱き締める。

「うーん。やっぱり、これだよこれ！　両手が回らないくらいが、またいい！」

「寧くん。くすぐったいよ～」

最近お兄さん意識が高まってきた樹季だが、やっぱりこれは好きなようで、少し照れながらも「うふふ」と笑って抱き付いてくる。

すると、ここで子供部屋の扉が開いた。

「――うわっ。朝から賑《にぎ》やかだなと思えば、やっぱりこれか。さすがは寧兄。くくっ」

「結局、ここで寝たのかよ。なんか、隣を二世帯住宅にしたところで、ただの荷物置きになるのが目に見えるな。それこそ、週に一度も寝泊まりしたらいいほうで、ほとんどうちで生活するんじゃないの？」

俺たちのキャッキャで目が覚めてしまったのだろう、双葉と充功だった。

呆れ半分、笑い半分で、洒落にならないことを言ってくれる。

「いや、そんなの最初からわかりきってるって。絶対に今の週末生活が、日常になるだけで。ようは、うちだけじゃ荷物を置ききれないから、鷹崎さんときららのスペースを隣から借りるって感じで。あとは、住所の問題だけだろう」

「確かに！」

（え!?　そんなふうに思われてるの？）

俺としては衝撃的な発言だったが、これを聞いた士郎が「だろうね」って同意の顔。

しかも鷹崎部長は、また笑っている！

さすがに「そんなことはないよ」くらい、言ってくれたらいいのに。

――なんて思っていたら、急にきららちゃんが「あ！　そうだ」と、立ち上がった。

「ウリエル様。きらら昨日、新しいお家の絵を描いたのよ。見てみて！」

「お家の絵？」

「そう！　おばあちゃんが、きららたちの新しいお部屋はどの場所がいい？　って言ったから。それできららがお絵かきするねって言って、描いたの」

樹季の机に置かれていた画用紙を持ってきて、俺に見せてくれる。

絵は、家の断面図みたいに横から見た形の枠が描かれていて、真ん中から上下二つに分けられていた。

一階と二階ってことなんだろうけど、一階にはエリザベスとエイトらしき犬の顔と、周りにシャボン玉みたいな○でキラキラ感を出されたキッチン。

しかも、二階には右からベッドが二つ（おじいちゃんとおばあちゃん）、ピアノ（きらら）、机（パパ）の絵と文字が描かれていた。

――ん？　俺は!?

「これって？」

「おそらく、こういう意味で聞いたんじゃないとは思うが」

端から移動してきた鷹崎部長が、一緒になって首を傾げる。

——だよね？

これだと今の家に鷹崎部長ときららちゃんが来ただけだし、おばあちゃんは上下か左右に分かれた二世帯住宅のつもりで、どうしたい？　って聞いたんだろうから。

「どれどれ？」

「ん？　一階がエリザベスとエイトの部屋ってことは、今のままじゃね」

「そうよ。だって、エリザベスたちは二階へ上がらないし、いつでもお庭に出られないと、困るでしょう。それにナイトや鷲塚さん。エルマーやテン、隼坂さんも遊びに来て。あ、獅子倉さんも！　みんなで一緒にお泊まりしたりするでしょう」

そこへ双葉と充功も覗きに来るが、きららちゃんはさも当然と答える。

どうやら、おひな様をしたときに、隣家の一階を会場にしたので、その名残なのかもしれない？

きららちゃんの認識では、隣のリビング・ダイニングから続く和室はまるごと客間で、普段はエリザベスとエイトの部屋ってことなんだろう。

正解はさておき、ものすごい観察力だとは思う。

確かにエリザベスたちは二階へは上がらないし、庭に出るには一階定住で合っているもんな。

犬小屋はあるけど、入っていたのも最初だけだし、エイトが来てからはほとんど見ない。むしろ、気分転換用の別荘扱いだ。

ただ、ここまで理解しているきららちゃんだからこそ、俺は不安になってきた。

「しっかりしてるな、きららは。で、寧はどこだよ？　まさかキッチン？」

——そう！　それだよ。

充功が言ったように、この絵には俺の存在がないんだけど？

「え？　ウリエル様のお部屋はここにあるから、パパも寝られるでしょう。きららはここでみんなとお勉強したり、寝れればいいかなって思って」

すると、きららちゃんは尚も真顔で言い切った。

俺は複雑極まりない気持ちになるが、鷹崎部長は噴いた。

しかも、充功や双葉も一緒になって噴いていて——。

「ってことは、これ。完全に荷物部屋と作業部屋って意味か！　しかも、パパが机ってことは、持ち帰り仕事があるときは、ここでしてねって配慮？　すげーよ、きらら！」

「くくくっ！　夢の二世帯住宅なのに、やっぱ子供でもそう思うのか！　なんか、これをみせられて衝撃を受けるおばあちゃんの顔まで想像できるんだけど」

「それに、ここ。壁に付いてない、アイランドキッチンが描いてある！　しかも、周りに椅子っぽいのが十二個あって、横に餌皿《えさざら》まで。さすがだよ、きらら。めちゃくちゃよくできてる。あっはははは っ――、胃が捩《よじ》れる～っ」

きららちゃんの絵を指差しながら、俺が見落としていたようなことまで察して、解説してくれる。

（――そうか！　あれは少女漫画とかで見るようなシャボン玉キラキラじゃなくて、全員分の椅子だったんだ！　アイランドキッチンを囲んでってことは、なんかグランピングのときのバーベキューイメージも混ざってるのかもだけど）

俺は思わず手をポンと叩いてしまう。

子供の絵って奥が深い。

そしてそれを普通に理解している充功って、実は天才!?

話が通じているから、きららちゃんの笑顔も、いっそうパッと輝く。

「本当！　よく描けてる？　やっぱり士郎くんが言ったとおりだね！」

「士郎？」

「そう。きららが、どうしたらいいって聞いたら、きららがこうなったらいいなと思ったまま描くといいよって教えてくれたの。お部屋とかは、お引っ越ししてきたあとから変えることもできるんだから、今は好きなようにって」

(——!!)

しかし、ここでも俺は、何気なく出てきた士郎の名前にドキンとした。

けど、これは俺だけじゃなかった。

鷹崎部長も充功たちもいっせいに士郎を見る。

「え? だって、いずれはこの部屋だって、間仕切りして模様替えとかするかもしれないし。大人も子供も状況が変われば、それに合わせて部屋替えとかあっても不思議はないでしょう。それなら、どういう家に住みたいかってことより、どういう生活がしたいかって考えるほうが、きららにはわかりやすいかと思って」

士郎は、ちょっとキョトンとしながら、自分の言葉の意図を説明してくれた。

ただ、それは士郎の中では、本当に大した意味はなく、むしろ当然のことなんだろうけど、俺にはとても目から鱗が——って視点だった。

「あ、なるほど」

「そう言われると、そうか」

ここは充功も双葉も俺と同意見？

「どういう家に住みたいかより、どういう生活がしたいか……か」

鷹崎部長も呆気にとられた感じで、ぼそりと呟く。

「確かに、至極的を射てるな。一度にあれこれ考えて、すべてをそれなりに成立させようとすると、これという答えが見えてこなくなる。だが、まずはこういう生活がしたいから、そのためにはどうしよう――という発想でいくと、それを成立させるための優先順位が、おのずと見えてくる」

ああ――。いろいろ悩んだり、考えているのは、俺だけじゃないってことがわかる。

鷹崎部長は、先におじいちゃんや父さんと話をしていて、金銭面のことなんかも話し合っているはずだから、俺より更に気にすることも多いだろう。

それこそ実の親兄弟間でも、ライン引きが難しいこともたくさんあるし。

「もちろん、それにしたって各自の希望を交えながらになるから。更に優先順位を決めていくことになるだろうが」

「――ですね。でも、これを見たら、きららちゃんの希望が俺たちにとっても、一番落ち着く形のような気はしますけどね」

それでも俺は、きららちゃんから見せてもらった希望の家の絵に、そして士郎からの言葉に、何か力強く背を押されたような気になった。

そして、まずは自分も正直に、今後の生活希望を上げてみよう。

それがいいことなのかわがままなのかを、考えて判断するのは、まず希望を並べてからでなければ逆にできないし。

これは無理だ、論外だと頭から決めつけないで、とにかく〝こうだといいな〟〝楽だな〟ってことを、素直に――。

＊＊＊

起きたときには勝手に一喜一憂していた俺だが、午後にはきららちゃんのおかげで、自分も今思っていること、感じていることを纏めて隣家へ行くことができた。

事前に鷹崎部長にも「こんなふうに思ったんですけど」「実は俺も」なんて確認もしあえて、とてもベストな状況だ。

一方、ちびっ子たちは昨夜双葉と充功が言っていたように、ランチはハッピーレストランへ連れて行ってもらうことになり、朝からご機嫌だった。

特にきららちゃんは、本郷常務がくれたドールハウスセットのおまけだけでも目がキラキラなのに、更にランチで追加のオマケがもらえるとあり、大はしゃぎだ。

それこそ、喜び勇んでクルクル回っていて、俺はバレリーナの才能もあるんじゃ!? と、斜めな方向に親馬鹿状態に陥ったくらいだ。

樹季や武蔵、七生もそれを真似してクルクル回って、数秒後には勢い余って全員で尻餅をついていたけど。それさえも楽しく、可笑《おか》しかったようで、とにかくキャッキャ、キャッキャとはしゃいで、最後は士郎に咳払いをされて黙った。

鷹崎部長は、そのことのほうが可笑しかったみたいで笑っていたけど、なんにしても朝から全員が上機嫌だったことに変わりはない。

これこそが俺にとっては理想の家であり、毎日だ。

そして、お昼過ぎ――。

「こんにちは～」

「まあまあ、いらっしゃい、鷲塚さん」

「家守社長！　お待ちしてましたぞ」

「どうも。本日はよろしくお願いします」

ちびっ子たちがハッピーレストランへいったところで、俺と鷹崎部長と父さんが隣家へ移動。そこへ、鷲塚さんと家守社長が到着した。

「ナイトちゃんもいらっしゃい」

「みゃん！」

「バウバウ」

「パウパウ」

「パウ」

同行してきたナイトは、すぐにエンジェルちゃんやエリザベス、エイトに混ざって、リビングでじゃれ始める。

見るごとにじわじわ大きく育っているのがわかるし、俺はやっぱりな――なんて思いながら、おばあちゃんに促されて席へ着いた。

一階の和室に置かれた長座卓には、家守社長と鷲塚さん。

その対面に父さんと俺と鷹崎部長。

おじいちゃんは家守社長と父さんの間に座る感じで、おばあちゃんはエリザベスたちを気にしつつも、その斜め後ろにちょこんと座っている。

「では、よろしくお願いします」

そうして家守社長が一礼と共に無地のノートや筆記具、書類なんかを手元に置いた。

「――さて、始めるか。まずは縦に割るか、上下に割るかだが、そうなると追い追いのことを考えて、わしらが一階になりかねん。ならば、やっぱり縦に割るのがいいかの？　仮に寧らが仕事で遅くなっても、気を遣わんで済む」

おじいちゃんが音頭を取りつつ、自分とおばあちゃんの案をやんわりと口にする。

本当に俺たちの生活を最優先して考えてくれているのがよくわかる。

でも、だからこそ俺はここで挙手をした。

「すみません。ちょっといいですか？」

「ん？　なんじゃ寧」

「エリザベスとエイトって、これまでずっと一階暮らしですよね？　この広さに慣れているのに、いきなり二分割はどうなのかなと、思ったんですけど」

そして、昨夜から気になっていたことを、自分の気持ちとしてまずは伝えた。

「ん？」

「え？」

おじいちゃんとおばあちゃんは、意表を突かれたみたいで、かなり驚いている。

でも、鷲塚さんは「あ」って。「だよな」って言いたげに、相《あい》づちを打ってくれた。

「ここはエリザベスたちにとっても、大切な住居だと思うんです。もしも自分に置き換えたときに、うちの一階がいきなり半分になって、これまで当たり前のようにあった空間がなくなり、視野が狭くなったら、けっこうなストレスがかかるんじゃないかなって」

上手く説明できているのかはわからなかったが、まずはエリザベスたちの目線になって考えたことを打ち明ける。

「もちろん、俺自身なら事情とかいろいろ把握できるし納得もできます。けど、エリザベスたちには寝耳に水だし。何より、俺が〝ただいま〜〟って帰ってきたときに、今みたいにまっさきにエリザベスたちが迎えに出てくれることもなくなるのは、寂しいかなって」

次に、縦割りの二世帯住宅で玄関も別っていう、一番ありそうなパターンで想像したときの率直な気持ちを話す。

ものすごく当然のことだが、そもそもエリザベスたちはおじいちゃん家の犬なわけだから、俺たちのほうにはいないだろう。

しかも、寂しいのは、これだけじゃない。

「それこそ玄関を開けたら、おじいちゃんやおばあちゃんの顔が見られるわけでもなく。──って、すみません。何を今更なことを言ってるんだってことなのは、わかっているんですけど。でも、これって俺だけが寂しいって感じることなのかな？　と思っていたら、鷹崎部長も同意見だったので」

そう。自宅に「ただいま」でおじいちゃんやエリザベスが出てこないとかって当たり前

のことなんだけど。隣家の敷地なのにそれがないって、俺にとっては想像でも違和感を覚えることだったんだ。

しかも、この場合。先に帰ってきているきららちゃんは武蔵たちと一緒にいるだろうし、そこからきららちゃんだけを連れて新居に帰っても、誰もいない!?

まさか、いちいち隣家を訪ねて「ただいま」じゃ、かえって気を遣わせそうだし。

まあ、ここは単純に、俺が無人の家に帰る生活経験がないだけなんだけど——。

でも、縦割りで玄関が二つって、これまでにない分断な気がして。

間に新居が入ったら、庭越しに近かったうちとの距離まで遠くなっちゃう感じだし。

そこへ、いずれはエイトだってエリザベスと同様の大きさになるのに？　って思ったら、抵抗感しか湧かなかった。

これまで一階スペースに庭付きで伸び伸びと育ってきているのに!?　って。

「——寧ちゃん。気持ちはすごく嬉しいけど、それだと縦横の割り方の問題ではなく、二世帯住宅が二世帯同居になっちゃうわよ？　もちろん、世に言う姑と嫁戦争みたいなことはないと信じたいけど——。でも、きららちゃんがいるとはいえ、新婚さんだし。普通なら独立した世帯で住みたいって思わない？」

ただ、俺の正直な気持ちは、この中では一番おばあちゃんを混乱させた。

おそらく、世間で言うところの二世帯同居トラブルを一番耳にしているからだろうし、もしかしたら遠い昔に嫁姑問題でいい思い出がないって可能性もある。

なんにしても、二世帯が一緒に暮らすなら、最低でも敷地内同居か完全分離の二世帯住宅が一番の安全策という認識なんだろう。

何せ、ちょっとお泊まりではなく、日々の生活をするわけだから。

「すみません。なんか、そこがピンとこなくて。物心付いたときには、もう一般的な家庭の人数ではなかったし、正直言って八人も十人も十二人も、俺としては変わらない感覚みたいです。この家にしても、エリザベスが来た頃には、もう祖父母宅の認識だったと思うし。あ！　俺がプライバシーとか距離感に疎いだけだったら、本当にごめんなさい」

いざ思ったことをそのまま口にしたら、俺がただの距離無しなのか⁉　という疑惑が頭によぎった。

焦りからか、前に置かれた湯飲みに手を出し、倒しかける。

（――父さん）

しかし、そこは右側にいた父さんから絶妙なタイミングでフォローが入る。

鷹崎部長や鷲塚さんも「大丈夫だよ」「ちゃんと伝わっている」と言うように微笑んでくれた。

だが、その直後におばあちゃんが、かけていたエプロンのポケットからハンカチを取り出して、目元を拭い始めて――!!

「そんな……。そんなこと言って貰ったら、嬉しくて泣けちゃうわよ。でも、私たちもそれは同じよ。だからこそ、おじいさんも孫に新居を!! って、はりきってくれたんだし。ねぇ」

「うむ」

――よかった!

単に、想定外の話を聞いて、喜んでくれただけだった!

俺は、ここですかさず、きららちゃんから預かった絵をおじいちゃんたちの前に差し出した。

「あと、これも見ていただけますか?」

「絵?」

おじいちゃんやおばあちゃんだけでなく、家守社長も前のめりになる。

「はい。おばあちゃんに聞かれて描いた、きららちゃんの希望の家です。なんというか、ほとんど今のままなんですよね。聞いたら、二階には使っていないお部屋があったから、そこをパパの仕事部屋にして、ピアノの部屋をきららちゃんの部屋にしたらいいって。あと、両親の仏壇《ぶつだん》はパパの部屋に置いて、遺影はうちの母と一緒にしたらみんな楽しいと思うっていう、斬新な意見もありました」

俺は、あれから更に詳しく聞いたきららちゃんの理想を話した。

本当は「おいでおいで。みんな一緒にしたら楽しいわよ」って、俺の母さんが言っていたそうだが、これはきっと夢でも見たんだろうと、俺の一存で決めつけている。

正直言って、母さんがきららちゃんを通じて入れ知恵していそうで怖いんだけど。その反面、もしも母さんが生きていたら、快活に笑って「寧たちをこのまま放り込むので、お願いしますね！」とかって言ってそうだし、何よりそれがおばあちゃんたちの秘めた希望でもあったんじゃないかな？　とも思えて。

子・孫たちと一緒に賑やかに暮らす。

本当は、そんな夢があったからこそ、俺たちのことも親身になって、可愛がってくれたんだろうし……って。

すると、ここで鷹崎部長が背筋を伸ばした。

そして、一度深く頭を下げてから、

「――すみません。結局のところ、今しばらくは、必要なものだけをこちらに持ってきて住まわせてもらうで、実は成立するんじゃないかというのが、俺たちの意見です。もちろん、亀山さんたちのプライバシーもありますし、光熱費や家賃等の問題もあります。そこは何かしらの形で明確にできればと思ってます」

今朝も追加で少し話したことを、おじいちゃんたちに説明してくれた。

「ただ、展示場で見てきた、丸ごと二世帯住宅のような大がかりな改築が必要かと聞かれたら、そこまでしなくても――という考えにいたったもので」

誰もが俺たちに、特に鷹崎部長に気を遣って、こうした話を決めてくれたことがわかるだけに、鷹崎部長もこれを言っていいものなのか――と、そうとう迷っていたそうだ。

それに、俺が万が一にも〝独立した初めての空間〟に夢や憧れがあったら、そこは尊重したいし――とも考えたそうで。

まあ、これに関しては、万が一どころか皆無だったんだけど。

何せ、一人になる時間なんて、就寝前後に通勤時間があれば、基本満たされる。

営業回りの時間だってあるし、それより視界に家族がいないほうが、落ち着かない。

昨夜みたいに、進んで自分から子供部屋へ行って埋もれているぐらいだからね。

俺や弟たちからしたら、それを鷹崎部長が一緒になって普通にできる人だったことのほうが衝撃だったと思う。

「上手く説明ができていないとは思うのですが――。どちらの家にも全員プラス来客が収まり、談笑や食事ができる広さをとっておくのが、今後のことを考えてもいいんじゃないかと思えたもので」

それでも、生活には生活費が発生する。

ここだけはきっちり、はっきり分離した上で、お互いに助け合えるところで協力し合うのが、気持ちよく生活ができるんじゃないかな？　とは思う。

一応、鷹崎部長の中では、手持ちのマンションは直ぐに手放すことはしないで、賃貸に出すことを考えているらしい。

家守社長が言うには、「立地がいいので、家賃収入で現在のローンとおじいちゃん家への家賃が充分賄《まかな》えるだろう」ってことだから。

あとは、きららちゃんのためにとっておきたいのもあるが、自分がまだ手放せる気がしない。亡くなったお兄さん夫婦の思い出に拘《こだわ》っているのは、実は俺のほうかもしれない。

弱いな――って、そんな本心も明かしてくれて。

俺は、そこは鷹崎部長の持ち物だし、納得のいく形でいいのでは？　と思うが。

これから家計を共にするんだから――ってことで、俺にも心情を説明してくれた。

その言葉だけで俺は、心臓がドキドキして、倒れそうだったけど!!

「もちろん、実際に住んでみたら、また違う意見が出てくるとは思うのですが。そのときは、俺が近くに二世帯分のアパートを借りますので、手を入れ直すなり、もっとはっきりした改築をするなりという選択があってもいいのかな――と」

そうして、鷹崎部長が俺たちの気持ちを伝え終えると、おじいちゃんとおばあちゃんが顔を見合わせた。

嬉しいような、困惑しているような。

でも、嬉しいがちょっと勝っているような感じ？

「うーむ。そしたら一階はできるだけ今の形を留めて、二階だけ上手く分けるとかできたらええんかの？」

「でも、それだと寧ちゃんたちが狭くないかしら？　というか、この絵には寧ちゃんの名前がないんだけど？」

ただ、ここでおばあちゃんを一番不安にさせたのは、きららちゃんの絵だった。

――だよね！

「俺は実家に自分の部屋があるから――だそうです」

「ええっ!?」

俺の苦笑い交じりの説明に、声を上げて驚くおばあちゃん。

これにはおじいちゃんと家守社長も絶句。

でも、鷲塚さんは噴いた！

父さんも、朝のうちにこれを見せたときには噴いたし、この辺りの属性は鷹崎部長や充功たちと同じみたいだ。

相性がいいって、こういうことなんだろう。

「きららちゃんの感覚だと、生活の基本はうちにあって、自分は武蔵たちの子供部屋に交ざればいいし、パパは俺の部屋にいればいい。ただ、仕事があるときは一人になるし、ピアノは教わって練習したいから、この部屋割りだそうです。あとは両家を行ったり来たりしながら、でも、今後はアイランドキッチンを囲んでみんなで食事がしたい――と」

俺たちからは、そう簡単には言えないだろう、ご都合主義満載・願望丸出しの新生活ビジョン。

ただ、一度は口にして検討する必要は、確かにある。

お互いへの思いやりや遠慮のために、本心をうやむやにして大がかりな工事をしてしまったあとでは、かえってギクシャクしかねないし。

何より、余計な出費がもったいない！

たとえ俺のお金でなくても、取っておけるものは取っておくほうがいいに決まってる。

これをきららちゃんから当然のように引き出した士郎には、いつも以上に感謝しかない。

と、同時に。子供の希望や意見の大切さを、改めて痛感した。

「ただし、これも今だからの希望で、年頃になってきたら間違いなく変わってくると思います。なので、そういうことまで考えると、ますますおばあちゃんには頼りたいので、変に分けて、これまで通り気軽に行き来ができなかったら困るなって。すみません。ものすごく甘えた考えですよね」

そうしてきららちゃんの願望に便乗《びんじょう》して吐露《とろ》する俺！

でも、これは紛れもない本心で、やっぱりきららちゃんの成長のことを考えたときに、身近に頼れる女性がいてほしいのは本心中の本心だ。

何度か目にした、きららちゃんの女性同士のキャッキャうふふを見ていても、絶対に不可欠だと思うから。

「――ああ。そういう意味もあるのね。私たちは一定の距離感？　きちんとした隔《へだ》てみたいなものがあったほうが、寧ちゃんたちの生活サイクルが守れるし、上手くいくって思っていたんだけど……。それこそ、同居なんて夢はおこがましいって。ねえ、おじいさん」

ただ、俺が自分の願望丸出しで、都合のいいことばかり言っているにも関わらず、おばあちゃんはそれを喜んでくれた。

特に「頼りたい」って言葉が、お世辞や方便《ほうべん》じゃないのがわかるのだろう。

これに関しては、鷹崎部長や父さんも全面同意で頷いているし。

なんかもう、所詮俺たちは全員男なので、本当におばあちゃん頼りで——っていうのが、かえって、おばあちゃん自身が伏せてきた本心も引き出せたようだ。

「うーむ。まさかここへ来て、二世帯同居に話が転がるとは思わなんだ。普通は、避けられる話だとしか、聞いたことがなかったからな。しかも、今の話だけを聞いておると、生活そのものは、この春休みと大差がない。なんつーか、これはこれで楽だのぉ。お互いに何も変えることがない！」

おじいちゃんも照れくさそうに笑っている。

——と、今の今まで様子を窺うようにして距離を取っていたエリザベスが、のそのそとこちらへ近づいてくる。

それこそおじいちゃんの隣にちょこんとお座りをして、なんだか「俺も家長だ。そもそも二世帯同居じゃなくて三世帯同居なんだから、全部一緒でいいだろう」って言ってるみたいだ。

エイトやエンジェルちゃんもこちらへ来て、座卓の下へ潜り込んだりして遊び始める。ナイトだけは、鷲塚さんの膝の上に収まるんだけどね！

「それでも、今より住みやすくはしたいわよね。私もこのさいだから、アイランドキッチンにしたいし。水回り関係を中心に見直してみたらいいんじゃないかしら？　それと二階も、工夫次第でもっと快適にできるかもしれないし」

「だの～ぅ。ただ、問題は表札や住所じゃ。わしとしては、鷹崎さんが独立した家に越してくるほうが、世間体としてはいいのかと思っているんじゃが」

とはいえ、これですべてが丸く収まるってことではない？

おばあちゃんのほうはキッチンリフォームだけでもウキウキだけど、おじいちゃんはまだ神妙な顔つきだ。

（――ん？　表札って、今ある亀山の隣に並べさせてもらうとかっていうのじゃ、だめなものなの？　住所にしても、おじいちゃん家の住所で届けるだけだよね？）

俺には何が問題なのかがわからないんだけど、最初のイメージでは二世帯住宅でそれぞれの扉の横に表札がバン！　ってことだったから、それをどうしようってことなのかな？　それとも現実的な話、親戚でもないのに同居とかしたら、変に思われるとかってことなのかな？

「あ、そのことにも関係するのですが、私からもお話をさせていただいてもいいですか」

するど、ここで今度は家守社長が軽く手を上げた。

「ん？　なんじゃな家守さん」

「実は、これ――。こちらで確認させていただいた建築関係の自治体規約になるのですが、ご存じでしたか？」

手元に用意していた書類を、俺たちへ配る。

「建築の、自治体規約？」

いきなり専門的な話に突入して、俺たちは揃って身構えた。

けど、自治体ってことは、法的なこととはまた別？

「ようは、この区域が計画されたときの整備や開発及び保全の方針などといった、役所に提出されたルールです。調べてみたら、少し特殊だったもので」

「特殊――ですか？」

今日まで住んでいる俺たちには、そういった自覚がなかったためか、それぞれが顔を見合わせてしまう。

けど、家守社長は笑顔だ。

とんでもない問題があって――とかではなさそう？

「はい。この希望ヶ丘新町は、市内でも富裕層向けのようです。なので、一世帯の敷地面積、また住宅面積の最低限度平方メートルが設定されています。これが、どういうことかと言いますと、この先何かがあっても分割売買はできません。また、売買後は自分の敷地内であっても、二軒建てることができない決まりなんてす」

「え？　何それ？　聞いたことある、父さん」

「あ、そう言われたら契約のときに、自治体特有の規約があるって説明は受けたかも。なんでも、町内の環境を維持するためだとか。例えば、緑化推進のために一世帯内に二メートル以上の木が最低四本とか。増築はできないので、部屋を増やしたくなったら地下ですね。でも、ここは三階の屋根裏もあるので——とか、笑いながら話した記憶があるから」

するると、父さんが思い出したように話し始めた。

それを聞くと俺やおじいちゃんも、そういえば——と、思い出す。

確かに、そんな話を耳にした記憶はある。

「ただ、うちは未入居中古だったし、購入したときには価格自体が落ちてきた頃だから、富裕層向けっていう認識はなかったかな。だって、当時の父さんの年収でもローンが組めちゃったしね。もちろん、これには母さんが虎の子から頭金をバンと出してきたのもあるけど」

言うだけ言った父さんが、照れくさそうに笑う。

これらを聞いて、俺もいろいろと思い出してきた。

確かに、うちがたまたま大家族だから、上から下までドタバタしている感じだけど、大概の家がうちと同じかそれ以上の広さに一家四人平均で暮らしてるのが、この希望ヶ丘新町だ。

しかも、購入も現金で一括払いの家が多いって話は、母さんが井戸端会議で聞いてきて、「すごいわよね～」みたいに言っていた。

うん。よく考えれば、いくら都下とはいえ、ローン無しで家を買える人たちばかりって、すごい！

いや、それを言ったらおじいちゃん家だって、そうなんだけど!!

「まあ、富裕層向けと言っても、あくまでもこの辺り一帯での――という括《くく》りですが。ただ、近隣の自治体からすると、確かに景観から何から作り込んだ区画であることに間違いはないですよ。ベッドタウンだからこその、ゆったりと落ち着ける広さと緑溢れる住宅街がコンセプトのようでしたから」

とはいえ、ここで簡単に「そうだったんだ～」で済ませるわけにはいかない？

「――え？　ちょっと待て。でも、そしたら、そもそもここに二世帯分の住宅は建てられないってことなのかしら？」

慌てたおばあちゃんが言うように、そもそもこの二世帯計画って、大丈夫だったのか!?

俺たちはいっせいに家守社長をガン見してしまう。

「それは大丈夫です。二軒建てるのではなく、一軒を二世帯に分けるだけですし。ただ、こういった基準が明確な土地なので、仮に今より家を大きくしようとしても、せいぜい二坪が限界です。畳四枚分くらいですから、サンルーム程度の部屋が増築できるくらいだと思っていただけたら——と、言いたかっただけで」

セーフだった！

おじいちゃんたちは「ふー」と胸を撫で下ろしている。

ようは、うちで言うところのウッドデッキくらいの大きさまでなら増築もできますが、それ以上は無理ですってだけのことだった。

「そうかそうか。サンルームもええな」

「でも、それってエリザベスたちの庭が狭くなるだけですよね？」

「寧はどこまでもエリザベスの心配なんじゃな」

「——あ。ごめんなさい。でも、エリザベスたちも家族だから」

そして、ここでもエリザベスたちに拘りすぎて、笑われる俺。

でも、大型犬なんだから、やっぱり今の広さは大事だよね!!

「それはありがたいことじゃ。にしても——。こういう流れになってしもうたが、どうしたらええかの？　家守さん」

そうして一通りの希望が出そろったところで――これでそう言えるのかは謎だけど――おじいちゃんが家守社長に話を投げた。

その手は、きららちゃんの絵に置かれている。

「そうですね――。亀山さんご夫婦の危惧するところもわかりますし、鷹崎さんたちの現状を大事にしたいという希望もわかります。何を優先するかによっても、間取りが変わってくるとは思いますが、ここは持ち帰って何通りか考えてみます」

家守社長がきららちゃんの絵を手に、今一度ニッコリ笑う。

よく見れば、手元のノートには、俺たちが話していたことが、事細かくびっちりと書き留められていた。

正直言ってしまえば、この身勝手な主張から、何をどうひねり出すのか、俺にはまったく想像ができない。

それこそ、人によっては「結局、二世帯住宅はキャンセルで、キッチンの入れ替えだけですか!?」って憤慨されても不思議じゃない。普通に考えても「話が違うじゃないか!」ってくらいの依頼変更だと思うし――。

「あと、役所関係の届け方に関しては、むしろ同居扱いのほうがいいかもしれません。内々の賃貸ということですし。学校や会社への届けにしても、亀山方と入れなくても大丈夫です。表札やポストも普通に出して、ご近所から何か聞かれたら、部屋が余っていたから、住んでもらうことになったで、十分だと思いますよ」

でも、家守社長は、ここまでの話の中で、たったの一度も嫌な顔は見せていない。

むしろ真摯に耳を傾けて、これから生活する一人一人の希望を受け止め、自分なりに
「それならこういう手もある」みたいな書き込みも、ガンガンにしているようだった。

「もちろん、外見だけ二世帯住宅を装って、中は共同なんていうこともできますが。そこは、また後日ご提案させていただきますので」

そして、最後は永遠少年ないたずらっ子みたいなニンマリ顔!?

手元のノートには「フェイク住宅（笑）」とかって書いてある。

本当に楽しんで、仕事をしているんだろう。

もちろん、見た目だけの二世帯住宅は、さすがに冗談だと思うけど！

「これだけの話で、提案図みたいなのが作れるってところが、プロの仕事じゃな」

「そうね。私、どうしたらみんなにとっていいのか、さっぱり想像がつかなくなってきたわ。アイランドキッチン以外」

でも、もう。こればかりは、おじいちゃんの右にならえで感心するしかない。

おばあちゃんのちゃっかりさは、微笑ましいだけだし。

　これには鷲塚さんもウケていたけど！

「それって多分。そこだけきっちりリフォームしたら、みんなが笑顔で和気藹々なんじゃないですか？　変な話、平日の日中はおじいちゃん、おばあちゃんとエリザベスたちしか家にいないわけだし。子供たちが帰宅したときに、兎田さんが安心して夕飯ギリギリの時間まで仕事ができたら、その時点で大団円そう。子守は基本エリザベスとエイトがしてくれるんなら、一階を開放しといても、なんら心配ないでしょうしね」

　鷲塚さんが、改めて俺たちの日常を言葉にした。

　目に浮かぶような光景だ。

「強《し》いて言うなら、おばあちゃんが喜び勇んでおやつを用意してしまいそうですけど。そこは士郎くんがコントロールしてくれるでしょうからね」

　そうして鷹崎部長もホッとしたように、話を付け足す。

　どうやらここでもオチは士郎なのかな？

　でも、本人には申し訳ないけど、締めに出てくる士郎の名前の安心感は、本当に大きい。

「まあ。そう言われると、なんだか想像できて、嬉しくなってくるわね。ただいま～って、みんなが帰ってきて。一緒におやつを用意して、食べて――。そういう午後のひとときって、夢のようだわ」

おばあちゃんが両手を頬にそえて、夢見がちな乙女のようで可愛い。

「これが長時間一人で孫の世話をすることになったら、疲れてしまいそうですけどね。そこは人手もありますし、何より皆さんにはこれまでの経験から、お互いに無理をしない、させない生活感覚も身についていらっしゃるでしょうから」

家守社長も、方向性だけは定まったので、安心したのかな？

俺たちに「この絵をお預かりしてもいいですか？」って聞いてきた。

当然、俺と鷹崎部長は大きく頷く。

「うむうむ。ようは、これまで通りの生活を基準に、新たな生活がスタートできればええってことじゃの」

「――ですね。それこそ寧が言うように、暮らしていく中で現れる変化も出てくるでしょうが。当面は、今のペースを基準にしていくのが、いいってことで」

おじいちゃんと父さんも、これという落ち着きどころが見えてホッとしている。

なんとなくだけど、みんな心のどこかに、変化に対する不安は持っていたのかもしれない？

みんなで決めた和気藹々計画だけど、それは今でも叶っているから。

そこから更に大きな変化を求めていくって、期待もあるけど、やっぱり少しの不安もないってことは、ないと思うから——。

「さて、今日の話はここまでじゃな。ばあさん、ビールを持ってきてくれ。あ、運転してきた鷲塚くんには悪いが、社長とも乾杯したいのでな」

と、ここでおじいちゃんが張り切った。

「大丈夫ですよ。こうなる流れは、ちゃんとわかってましたから。ここから先、俺はちびっ子わんにゃんチームに合流しますし。どうぞ大人たちで盛り上がってください。あ、寧や鷹崎部長、兎田さんも気兼ねなく！　俺ももう、勝手に親族状態を決めてますから！」

鷲塚さんは、とっくに帰宅しているだろうちびっ子たちを気にかけてくれて、様子を見に行ってくるよ——と、立ち上がる。

漏れなくエリザベス、エイト、ナイト、エンジェルちゃんが付いていく姿は、ブレーメンの音楽隊さながらだ。

「おばあちゃん。手伝うよ」

俺は、鷲塚さんの言葉に甘えて、この場に残った。

「俺も」

俺が立つと同時に、鷹崎部長も立ち上がる。

一緒におばあちゃんのあとを付いていこうとしたのだが、

「あらあら。座ってて。というか、鷹崎さんと寧ちゃんには、まだ話の続きがあるのよ。おじいさん、今のうちに負担付き遺贈《いぞう》の話もしておきたいって、言ってたから」

急に聞き覚えのないことを言われて、その場に座り直すことになる。

（負担付き……遺贈？）

ただ、あまりに意味不明な話？　単語？　だったので、俺と鷹崎部長は顔を見合わせて、ポカンとしてしまった。

父さんは特に驚いてはいなかったけど――。

6

その日の夕食後のことだった。

日中からの間取り話もその後の飲み会も和気藹々で終わったが、さすがにここのところの疲れが出たのか、鷹崎部長はオーバーヒート。

鷲塚さんと家守社長が帰宅し、おじいちゃん上機嫌の昼飲み会が終わると、

〝――すまない。申し訳ないが、あとは頼んでいいか？〟

そう聞いてきたので、俺は自分の部屋に布団を敷いて、横になってもらった。

「ZZZ……」

（お疲れ様です）

それなりにアルコールも入っていたので、寝付くのはとても早かった。

おそらく隣家では、今頃おじいちゃんも似たようなことになっているのではないだろうか？

るんだろうか？


（明日、おばあちゃんに確認してみよう）

これで二世帯同居が始まったら、週末は鷲塚さんや父さんも交えて、盛り上がったりするんだろうか？

そんな想像をするだけで、顔がにやけてくる。

（それにしても、この寝入り方。どっかで見たことがあると思ったら、七生や武蔵か！たまに遊び疲れて、ビックリするようなところで、すごい格好で寝落ちしているときがあるけど、それに近いものがある。かろうじてスウェットスーツに着替えて、寝床に潜り込むのは、大人としての最後の使命感なのかな？）

俺は、力尽きて倒れ込むようにしてうつ伏せのまま寝入った鷹崎部長を見ながら、廊下や階段の途中で寝ていた弟たちを思い起こして、笑いを堪えるのが大変だった。

ただし、もしもこれをスーツ姿の鷹崎部長に、自室のベッドでされたら、俺はこの無防備な寝顔だけで心臓が破裂するくらいドキドキするだろう。

弟たちと重なったのは、間違いなく七生が自分のベビーケットを持ってきて、「ねんねよ～」とか言いながら、布団代わりにかけていったからだろうし。

それを見ていたためか、きららちゃんと武蔵、樹季まで縫いぐるみやおもちゃを枕元に並べていって、

「これで目が覚めても、寂しくないね」

「うん。パパおやすみ～」

「きららパパ、おやすみ～」

なんだかすごく満足そうな顔でリビングへ戻っていって、オマケのドールハウスで新居ごっこ遊びの続きをしていたからだ。

俺は持ち前のセクシーさを皆無にされた鷹崎部長の姿に腹筋が崩壊しそうだったが、そこは必死で堪えた。

（笑っちゃだめだ！　これから双葉たちに真面目な話をするんだから）

ハッピーレストランでは、双葉と充功がそれぞれのスマホでアプリ登録をしたので、折りたたみのサービスルームが二つもらえた。

それもあり、ちびっ子たちは二つを隣り合わせて、夢の三世帯ごっこをしている。

ちなみに、おじいちゃんたちと一緒に飲んでいたはずの父さんは、帰宅後笑顔で三階へ上がって、今夜も仕事だ。

見た目にそぐわず、一番の酒豪《しゅごう》というより、これに関してだけはザルだ！

以前、獅子倉部長や伯父さんたちも潰されていたけど、いったいどうやって消化されていくんだろう？

そんなことを思いながら、俺は双葉と充功、そして士郎の三人に声をかけて、ダイニングテーブルへ落ち着いた。

コーヒーなどの飲み物も用意し、ちょっと時間をもらう感じで、今日話したことを報告する。

俺としては、二世帯住宅が二世帯同居に近い形になることよりも、その後に切り出された負担付き遺贈のことのほうが衝撃的だったから、そっちのほうに熱が入ってしまったけど――。

「おじいちゃんたち、とうとう寧兄さんたちに言ったんだ」

士郎だけは、すでに知っていた⁉

「え？　士郎は聞いていたのかよ。こんな話が、本格的に出ていたのを」

「そもそも、その負担なんちゃらって、何？」

双葉と充功は初耳だったようで、充功にいたっては俺と全く同じ反応だ。

でも、日常的に聞く言葉じゃないもんな、負担付き遺贈なんて。

「聞いていたというか、直接話をされたわけじゃないよ。ただ、たまに出る会話から、なんとなく想像していただけで――。あと、負担付き遺贈っていうのは、平たく言えば条件付き遺産相続のことだよ」

牛乳がたっぷり入ったマグカップを手に、士郎が俺の代わりに説明を始めた。

相変わらず淡々とした口調にポーカーフェイスだが、これに反して充功は眉をつり上げる。

「条件付きの遺産相続だ？」

「そう。おじいちゃんたちには子供がいないけど、血縁者がいないわけではないと思うんだ。兄弟とか甥姪とか再従兄弟《はとこ》とか。普段付き合いがなくても、何かのときに法定相続人に当たる人たちが」

相変わらず、すごいな。

どうやら士郎は、日々耳にしていた会話から、いつかこんな話が出てくることを想定していたようだ。

（まあ、そうだよな。いくらなんでも、こんな話を直接子供にするようなおじいちゃんじゃない。相手が士郎であっても、この類《たぐ》いは避けるだろう。そう考えると、本当に何気ない日常会話の端々から察知していたってことなんだろうけど――）

俺は、ここは士郎の意見も混じっていると感じて、そのまま耳を傾ける。

「ただ、そんな普段から付き合いもない親戚には、何も残したくないんだろうね。それで、もしも自分たちがどうにかなったときには、どうかエリザベスたちをよろしくね。代わりに残った家や土地などの遺産を譲渡するから。っていう条件付きの相続権のことを、負担付き遺贈って言うんだ」

「なら、この負担っていうのはエリザベスたちのことかよ？　どこが負担なんだよ！　そんなの俺たちがみるに決まってるじゃないか！　というか、そんな縁起でもねぇ!!」

士郎の話に充功が憤っていたけど、こうしたところまで俺と全く同じだ。

父さんや鷹崎部長には「まあまあ」と宥《なだ》められてしまったが、これぱかりは現実問題として、考えておくに越したことがないだけの話だろう。

特におばあちゃんは、良家の一人娘だったらしく、この手の相続関係ではかなり嫌な目に遭ったらしい。

戦後のどさくさもあるんだろうが、自分が知らない間に他家へ養女に出されていて、父親の遺産を後妻さんに全部持っていかれたとか、どうとか？

それもかなり計画的で、養父母たちもグルだった。

挙げ句、勝手に政略結婚まで企《くわだ》てられていたと知り、家出して絶縁。

以後、一度は天涯孤独《てんがいこどく》を覚悟したらしいが、それを知った実家近くの幼馴染みだったおじいちゃんが駆け付け、電撃プロポーズ！

——で、今にいたるらしい。

ざっくり聞いただけでも、おじいちゃん男前!!

その上、十年前くらいに養父母の実子だった戸籍上の兄弟のうち、お義兄《にい》さんがずっとおばあちゃんに申し訳なく思っていたらしく、生涯独身のまま他界。

せめて自身の財産を――と、七割方おばあちゃん指定で残したとかで、いきなり義兄《あに》友人と名乗る弁護士がやってきて――またひともんちゃく？

戸籍上とはいえ法定相続人である、おばあちゃんの義弟《おとうと》には彼の家族もいたので、遺産を放棄しろだのどうこうと、連日の猛攻撃でおばあちゃんギブアップ。

もともと貰う気なんかないのに！　と放棄しようとしたが、そこまで見越していた義兄がこれまた用意周到な人で。万が一、自分の遺言に弟が従わなかった場合は、渡すはずの三割もどっかに寄附《きふ》して渡さない――みたいなことまで書き残していたので、結果としては、遺言通りの配分で承諾することに。

ただ、おばあちゃん自身は、どのみち放棄だったので、義兄さんの供養《くよう》に当てた分以外は、弁護士さんに任せて恵まれない子供たちへ寄附してしまったんだとか。

ちなみにおじいちゃんは、定年まで大手企業の技術職をしており、そのときに開発した部品か何かで特許《とっきょ》を取得していたらしく、そのおかげで会社から報酬も出ていて、老後の今も安泰《あんたい》という生活をしている。

――が、これが元で、付き合いもなかった親族から借金の申し込みがあったり、しつこいお金の無心に遭って、親戚関係が嫌になってしまったようだ。

ようは、おじいちゃんもおばあちゃんも、この手の話では揃って嫌な思いをしている上に、不本意ながら法定相続人がいる。

それがわかっているから、何かの際には子・孫のように思っている我が家に、全財産を譲渡したいってことだった。

俺からしたら、同居で和気藹々の話をしたばかりなのに、本当に縁起でもないんだけどね。

「それは十分承知の上だよ。ただ、法律的にはそういう名称になったり、言い訳とか代償みたいな形で設定されているってことで。これでも血縁に関係なく、自分の選んだ相手に託したいって人には、救済処置なんだと思う。それだって、正式な遺言状あってこそだしね」

でも、士郎が説明してくれているとおり、おじいちゃんたちにとっては、こうした手段があるってことは、有り難いことなんだそうだ。

確かに立場を変えて考えたら、そうなのかもしれない。

俺が家族や親戚関係に恵まれていただけで、そうじゃない人だって、この世の中にはたくさんいる。

実際、母さんだってそうだったから、父さんと結婚したときには、絶対に自分と同じ思いはさせたくない——って気持ちで、家庭や俺たちを守ってきたんだろうし。

「それに、もし自分たちに介護が必要になったら、施設へ入る用意はあるみたいなことも言っていたけど、さすがにエリザベスたちを一緒に連れて行くのは無理でしょう。僕らからしたら、何もそこまで考えなくてもって話なんだけど——。おじいちゃんたちからすると、いろいろ手を打ってあることが安心で、心の健康に繋がるんだと思う」

そうして俺は、士郎の口からも、おじいちゃんが言ったのと、ほぼ同じことを聞くことになる。

「あ——。だから、おばあちゃん。隼坂家からエイトが来たときに、この子にも子・孫が生まれれるように、いずれはお嫁さんを探してあげたいわって言っていたのか？　こうなったら、できる限りエリザベスたちと暮らしたいとかなんとかって。あのときは、そんなに子犬がツボったのかと思ったけど、そういう意図もあったんだろうな」

双葉も、これまでの何気ない話から察することがあったようだ。

「おじいちゃんたち、マジでいろいろと縁起でもねぇな」

人間にしろ犬にしろ、生き物である限り寿命がある。

理屈ではわかっていることだが、改まって考えたくないのも、また人情だ。

特に充功は、こうした話が苦手なのだろう。

手元のコーヒーを飲みながら、幾度となく唇を尖らせている。

すると、そんな充功に向かって、「でもさ――」と士郎が話を続けた。

「四年前に、おじいちゃんが腹痛で倒れて、入院したことがあったでしょう。あのときは盲腸だったけど、本人もおばあちゃんもそうとう驚いたし、ショックだったみたいだよ。それに、いつ何が起こるかわからない。年と関係ないのは、母さんが身をもって教えてくれたわけだからさ」

「士郎」

言われてみると、そんなこともあったな――と、思い出す。

どんなに楽しい毎日を過ごしていても、急に先のことを考えてしまう何かが起こることがある。

でも、だからこそ今日の一日がとても大事で、昨日まで過ごしてきた日々が貴重であり、すでに奇跡的な時間の経過だったとも言えるのだろう。

もっとも、最近では〝二百歳まで頑張る〟って話していたから、今日のは倒れた当時のような不安から口走ったわけではないはずだ。

そもそもおばあちゃんは、母さんとは実の母子みたいに付き合っていたし。

父さんが言うには、近々母さんと養子縁組をして――なんて話も、冗談抜きで出ていたらしいから。

――というか、そんな話が出ていたんだったら、二世帯同居でも、三世帯同居でもいいじゃないかって思う。

確かに法的には、戸籍上どうこうっていう明確な関係は必要だろうけど、それ以上に強い絆があるなら、きっと上手くいく。

家族だって、元々は他人同士が結びついて出来上がっていくものなんだからさ！

「結局、僕らにできることがあるとしたら、これまで通り行き来をして、エリザベスたちは最初から弟なんだから何も心配しないでって。これからもずっと元気でいてね――で、いいんだと思うよ」

「そっか」

懇々《こんこん》と説明されて納得したのか、充功の口元にも笑みが戻った。

「というかさ！　俺からしたら鷹崎さんがきららや寧兄さん寄りの考えかつ精神なのがビックリだったけどね。まさか、わざわざ改築しなくていいんじゃ？　そのままお邪魔させて貰って――とか、鷹崎さんの口から出るなんて想像もしてなかったし」

双葉が身を乗り出したことで、話題も二世帯同居へと戻っていく。

だが、これには士郎もちょっとだけ苦笑気味だった。

俺たちと違って、もしかしたら想像ぐらいはしていたかもしれないが、それでも口火《くちび》を切るのは俺個人であって、鷹崎部長がはなから同意見というのは想定していなかったのだろう。

まあ、普通はそう思うよね。

俺だって同意見で嬉しかったけど、同時に（本当にいいんですか？　鷹崎部長）って、驚きもあったから。

「そこは、おじいちゃんたちも意表を突かれただろうね。うがった見方しかできない人は、いきなり転がり込んだ居候か？　みたいな解釈もしかねないし。おじいちゃん自身が、小さい頃に借家住まいを馬鹿にされて悔しい思いをしたから、自分の好意でそんなことになったら――と、あれこれ考えていたみたいだし」

これは、乾杯タイムに入ってから出てきた話だけど、おじいちゃん自身は鷹崎部長やきららちゃんの世間体が悪くならないように、また必要以上に気を遣わせないようにと、あれこれ考えていたそうだ。

正直言うなら、俺は実家がここにあるわけだし、表札もちゃんとあるから「そこ」に拘ることはないだろう。

そもそも、気にするような性格にも見えないし――って、考えたらしい。

でも、鷹崎部長は今の年齢で自分名義のマンションを二回も買っている。

大阪から東京へ来るのに買い換えた結果の二軒とはいえ、自力で表札を構える経済力もあるわけだから、家にはさぞ拘りがあるだろうな――って。

まあ、ここはおじいちゃん世代の持ち家に対する思い入れや価値観もあって、そうした考えにいたったらしい。

ただ、鷹崎部長はと言えば、大阪のマンションは家賃と同等の返済で投資物件を手に入れた感覚で。

また、今のマンションはきららちゃんのため且つ、自分もお兄さん夫婦との思い出を大事にしたい――で、買い換え。表札もお兄さんが出していたものをそのまま使っているから、自分自身で出す表札には、まったく拘っていなかったらしい。

むしろ、ここ一年の生活を振り返り、尚且つ通勤時間が増えることを考えたら、家には寝に帰るのがメインだし、平日は子供たちを遊びに連れて行くか、俺がしている家事の手伝いをすると考えたときに、キッチンと寝る場所があればいいんじゃないか？

強いて言うなら、愛車を駐車するスペースを確保してもらえたら、それだけで有り難いぐらいの気持ちだったらしくて――。

そこまで本音を吐露されたときのおじいちゃんは、逆に衝撃が大きかったみたいで、唖然としていた。

そして、その後にこれまた衝撃的な事実が発覚。

なんでもおじいちゃんは、鷹崎部長自身とバイブラントトレッドのフェアレディZ・ST、そこへ麻布《あざぶ》のマンションにこの年で部長職ってことから、ドラマに出てくるような都内の夜景を見ながら優雅に暮らす彼――みたいな想像を、勝手におばあちゃんとしていて、盛り上がっていたところがあったそうだ。

逆に、そういう彼に似合う二世帯住宅マイホームなら、最新家電どころか、吹き抜けの天井とかもいるかしら？　と、更に展示場を見ながら妄想に花が咲いたおばあちゃんに焚《た》き付けられていたらしく。

その時点で、家事と育児に追われるシングルファザー生活っていう実態は、完全にどこかへ置き忘れていたってことだ。

この話を聞いた鷹崎部長は、イメージを壊して申し訳なさそうにしていたが、俺や父さんは肩が震えてしまった。

でも、おじいちゃんたちが、そう思い込んだ（勝手にイメージが出来上がった）のは、わかるんだけどね。

何せ、慣れない育児と家事の疲労困憊《こんぱい》からイライラのオラオラになって、その上無精髭《ぶしょうひげ》まではやした姿は、たったの一度も見ていないから！

「みっちゃん！　ちょっと来て」

そうして、俺たちの手にしたカップが空《から》になった頃だった。

武蔵が名指しで充功を呼びつけた。

「あ？」

「いいからいいから」

「早く早く」

樹季やきららちゃんにまで催促されて、充功は渋々立ち上がる。

「なんだよ。また、なんか失敗したのか？　片付けか？」

「へへへ～っ」

「うふふ」

「えへっ」

「――マジかよ、お前ら。本当に俺だけ、いいように使うよな」

よくわからないが、実は二階を散らかしまくったまま、ここで遊んでいたのか？

ドールハウスはすでに片付けられているが、こっちに夢中になって——ということだったのだろうか？。

充功は武蔵ときららちゃんに両手を引かれ、更にはお尻を樹季に押されて、リビングを出て行った。

「とにかく、寧兄たちが正直な気持ちを伝えられたのは、よかったってことで」

「うん」

「それにしても、フェイク住宅って。鷲塚さんのお父さんらしいね。遊び心満載で」

「そうだね」

俺や双葉、士郎も空のカップを手に席を立つが、ここでふと気付く。

「七生は？」

ダイニングからリビングのほうを見ると、和室へ続く障子《しょうじ》が開いている。

そのまま進んで中の様子を見ると、

「ぷっ！」

そこには俯せに寝ていた鷹崎部長の背中の上に、重なって寝ている七生の姿があった。

眠くなって、ベビーケットを求めた結果だったのかもしれないが、それにしたってカメの親子にしか見えない。

今夜の七生がグリーンのパジャマを着ていたから尚更だ！

「何、どうした――、くっ」

「ぷっ。あーあ」

双葉と士郎が様子を見に来るも、反応は俺と変わらずだ。

可笑しくて、微笑ましくて、笑顔しか浮かばない。

「やーよ。ばいばーいとかされたのが、嘘みたいだね」

「もはや、懐かしい思い出だな。けど、どこの誰より七生を認めさせたんだから、やっぱり鷹崎さんはすごいよね。寧兄」

「確かにね」

今日も俺は幸せだ。

家族みんなが幸せだ。

（明日も今日と同じように、笑顔いっぱいの一日になるといいな――）

俺はそのまま部屋へ入り、鷹崎部長の上にかけられたベビーケットに包んで七生を抱き上げると、

「えったん、ご～っ」

寝ぼけて甘える七生を、改めて鷹崎部長の横に寝かし直して、布団をかけた。

（そうか。鷹崎部長はエリザベスだと思って、乗っかられていたのか！）

やっぱり込み上げてくる笑いが抑えきれずに、しばらくの間、肩を振るわせ続けてしまった。

＊＊＊

一夜が明けて日曜日。

弟たちの春休みも最後の日となった。

（今日できららちゃんとエンジェルちゃんは帰宅か。やっぱり寂しいな――）

俺は平日ほどではないにしても早起きをし、気合いを入れて惣菜《そうざい》作りを始めた。

家の中はまだシンとしている。

（離れていても、毎日同じものを食べることで、確かに〝繋がってる感〟があるよな）

だが、黙々と作業をしている間に、一時間、二時間が過ぎていき、気がつけば八時半を回っていた。

（あ、もうこんな時間だ）

今の時間になっても父さんが起きてこないところを見ると、明け方まで仕事？

弟たちも起きてこないけど、にゃんにゃんとドラゴンソードは録画予約してるからいいのか？

（まあ、明日からは寝坊もできないし、今日くらいはいいか）

そんなことを思っていると、鷹崎部長が起きてきた。

「おはよう。昨日は済まなかったな」

手櫛で髪を整えながら、俺に声をかけてくる。

起き抜けのスウェットスーツ姿でこれだけカッコいいんだから、そりゃおばあちゃんからしたら、吹き抜けのある二世帯住宅とか大妄想しちゃうよな！

おそらくだけど、脳内では鷹崎部長が選ぶようなラグジュアリーホテルか、鷲塚さん家のエントランスみたいな玄関フロアに、バリッと決めたスーツ姿で「ただいま」って帰ってくるところまで、きっちり想像していそう。

俺からしたら、妄想でキャッキャしているおばあちゃんの姿は想像できるけど、それに付き合っていたのだろうおじいちゃんが、いったいどんな顔で「うむ」とか相槌を打っていたのか、そのほうが気になって仕方がない。

多分、大真面目に想像していたんだろうけど！

「おはようございます。もっと寝だめしていていいですよ。七生と一緒に」

「え？　七生くん」

――が、鷹崎部長は俺の言葉に首を傾げたときだった。

二階のほうから「パン！」という音と共に「ひぃっ!!」という悲鳴？　みたいな声が聞こえた。

「士郎？」

「どうしたんだろう。行ってみよう」

「はい」

俺たちは慌ててキッチンを出て、二階へ上がった。

その間も「パン」「パン」「パン」と音が聞こえて、これってクラッカーか何か？

（朝からいったい何事!?）

そうして子供部屋の扉を開くと、

「士郎くん！　お誕生日おめでとう！」

「おめでとう！」

「しろちゃん、はっぴばーすでー！」

「しっちゃ～!!」

「いやー、めでたい！」

樹季、きららちゃん、武蔵、七生、そして充功!? に囲まれて、呆《ほう》けている士郎の姿があった。

「……っ。ありがとう」

かろうじて返事はしていたが、寝起きにパンパンやられて、いまいち気持ちがついて行ってない。

上体こそ起こしているが、眼鏡もかけておらず、ぼーっとしたままだ。

「うわっ。昨夜充功にクローゼットを漁《あさ》らせていたのは、父さんの誕生日に使ったクラッカーの残りを探してたのか！　でも、そうだよな。士郎、お誕生日おめでとう〜っ」

二階の奥からは、きっと深夜まで勉強していただろう双葉も起きてきて、声をかける。

なるほど！　昨夜の充功指名は、そういうことだったのか。

「あ、そうだよ。おめでとう、士郎」

「士郎くん、おめでとう」

流れに乗って俺や鷹崎部長も声をかけるが、当の本人はハッとすると「ありがとう」とは言ったが、そのまま充功に視線をやった。

「あのさ。樹季たちの引率《いんそつ》をするなら、もう少しやり方を考えてよ。起き抜けにクラッカーを鳴らされたら、嬉しいよりもびっくりするだろう」

「いや、そこは寝起きドッキリみたいな。これでも、目が覚めるところまで、というか、この時間まで待ったんだぜ。こいつら、一時間も前からワクワクしながらスタンバイしてたけど、一応世間体《せけんてい》もあるからさ」

「世間体を気にする余裕があるなら、僕自身に気を遣ってよ。シンプルにおめでとうで充分嬉しいから。余計なサプライズは考えなくていいからさ」

行き交う話から、どうして七生が鷹崎部長と一緒に寝ていなかったのかがわかる。

勝手に起きたのか、樹季たちに起こされたのか。とにかく、この「おめでとう」に参加すべく、一時間前から二階に移動したんだろう。

それにしたって、この時間まで起きなかったということは、士郎だって疲れていたからだろうに——。

「え〜っ。駄目だった？」

「士郎くん。ごめんなさい」

「しろちゃん、ごめんね」

「樹季たちには怒ってないから。この場合の責任者は充功だし」

三方から謝られて、怒るに怒れないでいる。

まあ、内心嬉しいのは確かだろうけどね。

「え～っ。めんなたーい」

そうして目の前に立っていた七生もお尻をフリフリ。

「七生も別に――」

だが、申し訳なさそうに謝ったかと思えば、顔を上げるなりにんまり?

七生は後ろ手に隠していた残りのクラッカーを頭上に掲げて、「パン！」と鳴らした。

「うわっ!!」

油断していたところへ追い打ちをかけられた士郎が、再び驚いて声を上げる。

「きゃーっ！　はっぴはっぴ～っ」

おめでとうと言いつつ、してやったり顔の七生が、大喜びで士郎の布団の周りを走り始めた。

「な・な・おーっ！」

さすがに士郎もお仕置きモードだ。

ひょこひょこと逃げ回る七生を追いかけて、結局は布団に足を取られてつんのめった。

「わ！　士郎くん」

「大丈夫!?」

「しろちゃん！」

「……っっっ」

その脇で、クルクル回って「おめっとねー」と笑顔を振りまく罪作りな七生。

「うわ～。これは、俺たちも誕生日当日は朝から警戒態勢だね」

それを見ていた双葉が、笑うに笑えない顔で俺に視線を向けてくる。

「――だね」

そうとしか言えなかった俺と双葉の誕生日は今月、これからだった。

我が家では、士郎を含めた三人が四月生まれなので、毎年真ん中辺りの日にちをとって、第二土曜とか日曜にお誕生会をしていたのだが――。

今年は当日も気をつけていないと、どんなお祝いをされるかわからない。

(警戒態勢って……、誕生日なのに、どんな理不尽だよ？)

それでも起き上がった士郎は、七生に抱き付かれて、ほっぺたにチューチューされている。

「しっちゃ、だいだいよ～っ。めっとねーっ」

目が覚めたと同時に驚かされるは、スッ転ばされるのは、新しい一年の一日目としては、過去最悪だろうに。

「はいはい」

それでも士郎は七生を抱っこすると、お尻をポンポンしながら受け止めた。

「僕も大好きだよ～。な・な・お」

「きゃ～っっっ」

途中からお尻ペンペンなお仕置きに変わったが、それでも七生は大はしゃぎだ。

(この分だと、オムツパンツ着用のうちは、叱られても懲りないだろうな)

七生は今日もマイペースで元気いっぱいだった。

7

昨日は朝から賑やかだったが、午後には鷹崎部長ときららちゃん、そしてエンジェルちゃんがマンションへ戻ったことから、誰もが物寂しさを覚えていた。

しかし、翌日の月曜日からは、いよいよ弟たちは新年度の始まりだ。

特に七生は、今日から週三日——月・水・金で保育園へ預けられることになる。

この日のために日々奮闘してきた武蔵は、今朝も寝坊をすることなく、七生の世話をやいていた。

「ほら、七生。今日は特別に俺が準備したからな」

ただ、あれだけ頑張っていたにも拘わらず、七生は相変わらず支度を放棄！

武蔵はそうとう不服そうな顔をしつつも、七生のリュックを用意していた。

——えらい!!

そんな武蔵も、今日から年長さんだ。

いつにも増してお兄ちゃんらしく、また顔つきも凜々しく見える。

「やーっ。なっちゃ、おうちーっ」

しかし、七生の「保育園いややいや」は健在だ。

俺は、どうなることかと心配しつつ、和室で出勤準備をしながら、ちょくちょくリビングを覗き見ている。

「駄目！　一緒に行くんだよ!!　父ちゃんはお仕事なんだぞ！」

「えったん、えいちゃ、いっとよ～」

「エリザベスとエイトもお庭番のお仕事だから！」

「いっやーっ」

そうこうしているうちに、出勤時間だ。

俺はいつも余裕を持って出るので、今日くらい電車の一本、二本遅らせても――と思うが、そこは双葉や充功が出勤を促してくる。

「大丈夫だよ、寧兄。行けばどうにかなるって」

「そうそう。最初は、みんな一緒！」

しかも、そこへ樹季まで加わってきて、

「あのね。僕、七生にはこれから毎日行くんだよって、わざと言ったの。あとから本当は週三日だよって知ったら、なーんだってなるでしょう。だって、一日おきにおやすみなんだよ！　あ、一日おきに保育園って言わないところがポイントね！」

満面の笑顔で「うふふっ」としながら得意げに言った。

思わず両目を見開く俺！

「樹季。なんか、いろいろ知恵を付けてきたね」

「士郎が手塩にかけた弟だからな」

感心と言うよりは、末恐ろしさを覚える俺に、充功がさらに怖がらせるようなことを言う。

「ちょっとした印象操作だね。確かに一日おきに休みだって言われるほうが、七生にとっては、お得感がある」

双葉も声には出さなかったが、「うわ〜。怖〜っ」と目が語っている。

それにしたって、小学三年生から印象操作って！

だが、それでも樹季を手塩にかけて面倒を見た兄は兄だった。

「ほらほら七生。寧兄さんはこれから仕事へ行くんだから、心配させたら駄目だよ。ちゃんと行って帰ってきて、たくさん誉めてもらわないと。そのほうが寧兄さんも嬉しいんだからね」

士郎は駄々をこねる七生に、さらっと俺の名前を出した。

「!?」

「あ、今夜はご褒美に、一緒にお風呂に入って、ぎゅうぎゅう抱っこしながら寝てくれるかもよ」

「ひっちゃ、なっちゃ、ぎゅーぎゅー!!」

一瞬首を傾げた七生の目がパッチリと開く。

どうやら今夜は、七生とお風呂に入って、そのまま寝ることになるのかな?

三日も連続で添い寝をしないなんて、父さんが寂しがらないといいけど――。

「そっ、そうだね!　頑張ってちゃんと行ってきて。保育園のお話楽しみにしてるからね。いってきまーす」

それでも、多少はその気になったように見えた七生を煽って、俺は家を出た。

最寄り駅まで足早に向かう。

(なんか、これって武蔵に申し訳ない気がして、胸が痛いぞ。大丈夫かな?)

こうなると俺は、七生よりも武蔵のほうが気になった。

だが、それから二十分も経つと、俺のスマートフォンには充功や双葉からその後の報告メールが届いた。

二人とも俺が電車に乗って、落ち着いた頃を見計らったのだろう。

（――え？　心配しなくても大丈夫。どうやら父さんは、まだ〆切りを抱えている。時間になったら、問答無用で保育園へ放り込んでくるだけだ。って！　そんな身も蓋《ふた》もない）

これは俺が出かけてから発覚したのかな？

双葉も充功も似たようなことを書いて、俺に父さんの仕事状況を知らせてきた。

（でも、確かにそうなんだよな。普段の父さんなら今生《こんじょう》の別れみたいな送り方をするんだろうけど、〆切り前は別人だから）

多分、こうなると、七生であっても〝手こずらせるな。俺は一分一秒が惜しいんだ〟って言わんばかりの顔で、小脇に抱えてチャイルドシートへ括り付けて、園についたら逆らう余地もなく先生に預けて、いってらっしゃーいだ。

そこへ、仕事が終わったら迎えに来るからね～まで付いたら、初日からでも延長保育が確定だ。

俺は、〆切りモードに入ったときの父さんの行動がわかっているだけに、

（やっぱり今夜は七生と。場合によっては武蔵も交えて、よく頑張ったね！　と、褒めちぎりながらお風呂へ入って、寝ることになるかな――）

双葉や充功に〝了解〟と返事を打った。

いつもの時間、いつもの車両へ乗り込む俺の通勤時間は、もっぱらこうしたメールタイムで消費されていく。

もちろん、鷹崎部長へのモーニングメールもだ。

（――あれ？　そう言えば、境さんがいない？　寝坊でもしたのかな？）

ただ、通勤快特《かいとく》が目的地へ近づくにつれ乗車率が上がっていく中、俺はふとしたことに気がついた。

いつもなら地元の最寄り駅から同じ電車に乗ってくる、距離は取っても必ず俺の視界の中にはいる境さんの姿がない。

もちろん、出社してからコーヒーを飲んでひと息つけるくらい早めに出ているから、電車で二本、三本遅れても遅刻をすることはないんだけど――。

なんて思っていたら、当の境さんからメールが届く。

（あ、え!?　いきなり出張が入ったんだ。境さんも大変だな。――あ、そうしたら、今週の〝97企画〟のミーティングは休みで、来週の会議で宿題になっていた新商品企画のプレゼンってことか）

しかも、気をつけていってらっしゃいと返事を送った側から、また一通届く。

今度は入院中の犬飼だ！

（――え!?　何、この〝暇。寂しい〟って。土日に誰も来てくれなかった――のは、しょうがないだろうに。みんな新宿に住んでるわけでもないんだから。あ、でも犬飼の場合は、家族も近くにいないのか？　海外？）

週末にドタバタしすぎて、すっかり存在を忘れていた。

せめてメールくらいは送ったほうがよかったかな？

俺は、よほど暇だったのか、長めで届いたそれを読みながら、今週のスケジュールを思い浮かべる。

しかし、外回りが多いときの予定は、未定みたいなものだ。

特に今月は年度初めだし、直に国産有機ブレンド粉の納品もスタートするから、そうちょくちょく見舞いへも行けないしな――と、返信の内容に悩む。

（でも、大学時代の友人とか、同級生なら――、あ。みんな入社したてで、それどころじゃない？　後輩にしても、似たようなものだから、そもそも連絡してないって――。そしたら、居候《いそうろう》していた父方の祖父母宅は――、すでに一人暮らしを開始していたとしても、見舞いくらい。……え!?　事故の知らせを聞いて、驚いたお祖母ちゃんが上がり框《かまち》から落っこちて、お祖父ちゃんが看病中か……。むしろ、年齢的にこっちのが心配ってなるから、そりゃ見舞いには来なくていいってことになるよな）

読めば読むほど、気の毒な事態が数珠《じゅず》つなぎでやってきているみたいで、俺はますます返信に迷う。

(外科だから身動きが取れないだけで、本人は元気だし。ってか、なんなんだよ。言われたとおり、エロサイト検索してたけど、もう見飽きたって――)

それでも〝しょうがないな。時間が取れたら顔を出すから〟とは書いて送った。

あくまでも、上手く時間が取れたらってことになるけど――と。

そうして、出社してからの一日は早かった。

「おはようございます」

「おはよう。寧」

朝はいつもの休憩室で、まずは鷲塚さんと合流。

「境さん、出張ですってね」

「ああ。ガッツリ宿題を出されたよな」

「でも、今週かなって思っていたので、ちょっと助かりました。もう少しデータ集めがしたかったというか、裏付けをとってからプレゼンしたかったので」

「俺もだよ」

マイボトルに入れてきたコーヒーを飲みながら、軽くミーティング。

以前は家族のことや、プライベートな話が多かったけど、〝97企画〟がスタートしてからは、もっぱらこの話が増えた。

単純にやり甲斐があるからなんだろうけどね。

俺にとっても、鷲塚さんにとっても――。

「おはよう」

そうこうしている間に、鷹崎部長が出勤してきた。

半月ぶりにきららちゃんを幼稚園の早朝保育時間から預けての出勤なので、けっこうしんどそうだ。

朝のメールの返信でも〝おはよう。今、きららを園に送り届けた。これからそっちへ向かう〟だけだったしね。

「おはようございます」

「鷹崎部長。おはようございます」

それでもビシッと決めたスーツ姿の鷹崎部長は、ドラマに出てきそうなカッコよさだ。

こんな姿を毎日見送り、迎えたら、やっぱりおばあちゃんはキャッキャしそうな気がする。

（俺と一緒になって！）

なんだか俺まで、隣家を出入りする鷹崎部長の姿を想像してしまう。

朝から顔がにやけそうだ。

（よし！　頑張るぞ!!）

とはいえ、月曜日は朝から忙しい。

今日も一日があっと言う間に過ぎていくことは間違いない。

俺は、鷹崎部長の顔を見て気合いを入れ直したところで、一日の仕事をスタートさせた。

午前中から外回りだったこともあり、瞬く間に時間が過ぎていきそうだった。


その日は予想したとおり、あっと言う間に過ぎて一日が終わった。

朝から寂しがっていた犬飼の見舞いは、鷲塚さんが先週同行できなかった森山さんと一緒に顔を出してくれることになった。

なので、俺は安心して帰宅させてもらう。

今日は弟たちから新年度初日の様子も聞きたかったし、やっぱり武蔵と七生のことが気になっていたからだ。

お風呂に入れるなら、なるべく早く定時で帰宅して入れないとって思ったしね。

(――え⁉)

ただ、今日に限って、大まかな初日の様子は、双葉、充功、士郎からのメールで知ることになった。

帰宅したら、武蔵と七生の対応に集中して欲しいから――ってことらしい。

ようは、何かやらかしたんだろうが、そこは帰宅してから説明するとのことだった。

なので、俺は帰りの車内で各自のメールに目を通す。

(まずは双葉からだ)

高校三年に進級した双葉は、学年の中でも成績上位者かつ難関大学受験者の特進《とくしん》クラス・A組になった。

ここには隼坂くんも一緒で、これからも受験戦争の最中、互いを支え合うことになるのだが、初日早々思った以上に教室内の空気はピリピリしていたようだ。

ただ、帰宅後にこれを漏らした途端、士郎から「周りの空気に引き込まれそうになったら、七生やエリザベスたちの顔でも思い出すといいよ」と言われて、直ぐに緊張が解けたらしい。

というよりも、士郎に気にかけられることのほうが、双葉にとってはいい意味での緊張が高まるらしいので。この調子で声をかけ続けて貰えば、ペースが崩れることはないと思う——だ、そうだ。

このあたりは、双葉と士郎の関係だからこそだろう。

（次は充功）

そして、中学三年に進級した充功。

受験の年になるのは双葉と変わらないが、充功の場合はまず舞台だ。

それもあって、放課後に教員室へ出向いて、まずは担任の先生に報告。

いきなりの内容に、担任の先生はかなり驚いたらしい。が、それでも本人の本気が伝わってか、応援すると言ってくれたそうだ。

担任の先生が、一年のときにもお世話になった方だったので、理解も深かったのだろう。

これだけでもホッとした。

とはいえ、側で話を聞いていた学年主任の先生は、「こんな大事な時期に!?」と、ご立腹《りつぷく》。

当然と言えば当然なのだろうが——。

しかし、今回の舞台に関しては、家族が納得していること。

また、充功自身も、そのために士郎に見てもらって勉強にも力を入れると言ったら、その場で「そうか。士郎くんが見てくれるなら」と納得してくれたらしい。

充功的には「俺の本気より士郎の家庭教師かよ!?」と、若干憤慨したようだが。

これはこれでもう、仕方がない。

充功も日々頑張っているだろうが、士郎も何もしないで大の大人から信頼を得ているわけではない。

むしろ、そこは誰より充功が理解しているところでもある。

何せ、「俺の弟、生まれた！」というときから、一番四男の士郎を構い倒してきたのは、結局三男の充功だしね。

（――で、その士郎だ。樹季の分も書かれてる）

小学五年生になった士郎と三年生になった樹季は、これといって変わったことはなかったようだ。

クラス替えでも、もともと極端に仲の悪い子もいないし、平穏と言えば平穏だ。

担任の先生も去年と同じで。特に士郎は、幼稚園からの幼馴染みでサッカー部のエース・手塚晴真《てづかはるま》くんや、彼がライバル意識を燃やしている地元のプロサッカーチームのジュニアクラブに所属している飛鳥龍馬《あすかりようま》くんと同じクラスだったようで、ほっといても賑やかになる予感しかない――と、ぼやいていた。

けど、俺からしたら「神童《しんどう》」と呼ばれて、大の大人でも頼ってしまいそうな頭の回転を持つ士郎が、同級生たちの理屈の通らない、感情的かつ気紛れに振り回されているのが、逆にいいのかなって思うときがある。

それこそ双葉や充功の勉強を見るよりも、同級生たちに教えるほうが難解だと頭を抱えているけど、そこもまた士郎にとっては、年相応の子供らしさを実感できることなんじゃないかなと、思えるから。

（さてと、丁度いい具合に到着だ。武蔵と七生は何をしたんだか――）

ちなみに、〆切りモードだった父さんは、夕飯の用意をしたところで寝落ちしたらしい。

なので、俺は自宅前でメールを打ってから、インターホンは鳴らさずに「ただいま」と小声を発して帰宅した。

「お帰り～」

「待ってたよ、寧兄」

半笑いを浮かべた充功と双葉に出迎えられて、俺は廊下を歩いた。

すると、リビングの隅でエリザベスにしがみついて枕にした武蔵と、エイトにしがみついて枕にした七生が、泣きはらした顔で眠っている。

すっかり身動きが取れなくなっている二匹は、黙って俺を見上げてクンクンと鼻を鳴らす。

なんだか二匹まで、俺の帰りを待っていた！　と訴えられているような気になる。

「どうしたの？　喧嘩って？」

俺はその場にしゃがみ込んで、エリザベスたちの頭を撫でながら、まずは原因を訊ねた。

武蔵たちを無理に引き剥がしたら、起きてまた泣き出しそうだし。それで充功たちも、このままの状態で俺を待っていたのだろうから——。

すると、士郎が「ごめんなさい」と言って頭を下げてから、説明をしてくれた。

「お父さんが完全にダウンしたところで、七生が保育園の不満を爆発させたんだ。けど、武蔵に叱られて。腹いせにガオーガオー言って暴れたら、弾《はず》みで武蔵が作っていたお誕生会用のプレゼントを壊しちゃったんだって。僕、先にお風呂へ入っていたから、見ていなくて」

「いや、それって士郎はなんにも悪くないし」

そして、横には樹季が潰れたティッシュ箱？

綺麗な紙が貼られているけど、原形を留めていないそれを持っている。

「これ……、寧くん用の貯金箱だったの。でも、七生が踏んづけちゃって、武蔵が怒って。七生に〝もう知らない〟って言って、わんわん泣いちゃって。七生も、武蔵が知らないっ

て言ったから、ビックリして、一緒になって泣いちゃって」

「……そうか」

これは見なくても想像が付く展開だった。

この分だと、充功や双葉も帰宅前だったのだろう。

説明している樹季も、今にも泣きそうだ。

「でも、これは寧くんへのプレゼントだったんだよって言ったら、七生もごめんなさいって謝ったんだよ。ただ、そのときには武蔵のほうがわんわん泣いてて、聞こえてなくて。士郎くんも出てきて、慰めてくれたんだけど――」

俺は樹季に向けて、両手を広げた。

すると、飛び込むようにして抱き付いてくる。

「それで七生も一緒になって、泣き疲れて寝ちゃったのか。二人して、エリザベスとエイトにしがみついて」

俺は樹季の頭を撫でながら、「よく頑張ったね」と、たくさん誉める。

「うん。士郎くんお風呂で、直ぐに出てこられなかったし。武蔵も泣いて、七生は寝っ転がってバタバタして。僕だけじゃ無理って思ったから、エリザベスたちに仲直りさせるの手伝ってもらおうって、呼んで来たの」

いくら三年生になったからと言っても、二歳児と年長さんに本気で泣かれてバタバタされたら、お手上げだろう。

ましてや、この場合。どちらか一人だけを抱っこなどしたら、残りの一人が余計に手を付けられなくなる。

それならまずは人の手ならぬ、犬の手を借りるのは、いい判断だ。

樹季の場合、兄弟喧嘩だから兄弟に応援を頼んだという感覚だとは思うけど。

何せ、エリザベスは武蔵と七生のお兄ちゃんだし、エイトは末っ子の弟だからね。

「くぉ～ん」

「バウッ」

「そうか――。エリザベスもエイトもありがとうね」

俺は今一度、樹季を片手に抱きながら、二匹の頭を撫でていく。

「それでも武蔵は、今日からきららは喧嘩もできないんだから――で、一応寝落ち前には納得はしていたらしいけどな。七生も荒ぶってた勢いで、わざと壊したわけじゃないし」

――と、ここで充功が、教えてくれた。

しかし、その内容にビックリする。

「え!?　そんなこと言ったの？」

「俺じゃねぇよ、こんなこと言えるのは、うちには一人しかいないだろう」

「あ――」

士郎か。

七生が謝ったところで、耳に届かないから、あえてきららちゃんの名前を出したって感じなのかな？

武蔵からしたら、それはそれでこれはこれだ――ってなっても、不思議がないけど。

「でも、事実だからしょうがないよね。人間、二人以上いたら、大なり小なり、必ず問題は起こる。自分以外の誰かがいるってことは、喜怒哀楽《きどあいらく》を分け合うってことだし。単純にいいことばかりじゃないけど、それでも武蔵は喧嘩できる相手がいるほうがいいんだよね――で、しぶしぶ納得したんだろうからさ」

そうして、双葉が補足説明をしてくれる。

士郎としては、いろいろ申し訳なさそうに俯いていたけど、少しでも武蔵に七生のわざとじゃないから――を、伝えようとはしたんだろう。

もちろん、わざとじゃなくても、叱られて逆ギレして暴れていたんだろう、七生が一番問題だけど。

「そっか」

でも、武蔵は七生が可愛くて、自分の弟だから頑張っていろいろ教えていた分、爆発しちゃったんだろうな。

「七生のばかぁっ」

（武蔵）

これこそ、可愛さ余ってだろうが、エリザベスにしがみついて、寝言で愚痴《ぐち》る姿がとても切ない。

「むっちゃ……。めんなたい」

（七生）

七生は七生で、相手が俺のお兄ちゃん——武蔵だからわがまま言って、甘えてたんだろうし。叱られたり、怒られたりするだけならまだしも、知らないって言われたらショックだったんだろうな。

（人間、二人以上いたら——か）

それでも、こうした兄弟喧嘩の中で、俺たちは少なからず人間関係を学び、そして付き合い方を学んできた。

それこそ、親しき仲にも礼儀ありのような一線みたいなものを感覚として身に着けて、自分がされたら嫌なことは人にはしないようにっていう、人付き合いの基本中の基本を覚えて――。

「とにかく、このままじゃなんだし。布団を敷いて、いったん寝かせようか。起きたら起きたで、みんないるんだから大丈夫だろうし」

「――了解。俺が敷くから、寧兄はそのまま見てて」

「俺も手伝う。まあ、寧がいれば、どっちも平気だろうけどな」

そうして俺の声かけで、双葉と充功が和室に布団を敷いてくれて、その後に武蔵と七生をエリザベスたちから引き剥がした。

よっぽど泣き疲れたのか、起きることはなかったが――。

「あ、これ見て」

「――よかった！」

二人は俺たちが夕飯を食べている間に、身を寄せ合って眠っていた。

お互いを抱っこして、どんな夢を見ているのか、嬉しそうに笑っていた。

＊　＊　＊

その後、武蔵は七生がきちんと「ごめんなさい」をしたこともあり「もういいよ」と、許していた。

それどころか「俺も〝知らない〟って言ってごめん」って謝って、頭を撫で撫でからのギューギューの大抱擁《だいほうよう》。言葉としては言ってしまいがちなものだが、武蔵は自分がこれを発した直後に、七生が驚いて、傷ついて、嫌いにならないで——と、泣いて訴えてきたことは、理解していたのだろう。

こればかりは本能や反射神経みたいなものなのだろうが、そこは反省したようだ。

武蔵も自分で七生を嫌いになるなんてことはないと思っているだけに、俺へのプレゼントを壊されたショックと、鬱積《うっせき》していた七生への憤慨から大泣きして叫んだが、それが「いや」になることはあっても「きらい」とはならない。

この辺りは、「この野郎！」と「どうしてこうなるんだよ!?」といった複雑な感情が入り交じり、自分でも収拾が付かなかったのだろうが——。

（——よかった、仲直りして。エリザベスやエイトにも御礼をしないとな）

それでも、こんなことがあったためか、七生は水曜日の保育園へは、渋々ながらも抵抗はせずに行った。

前夜のうちに、武蔵に指導されてリュックへ必要なものも自分で入れて。これだけでもものすごい成長だ。

なんでもその陰では、樹季が暗躍《あんやく》していたようで――。

七生にこっそり、

「保育園の先生に教わって、七生が壊しちゃった貯金箱を作ったらいいよ。きっと武蔵も喜ぶし、寧くんも喜ぶよ」

入れ知恵をしていたらしい。

しかも、それを士郎が手紙に書いて、折りたためる小さめのお菓子箱と折り紙セットを七生のリュックに入れて持たせ、先生たちに「ご無沙汰《ぶさた》しております」「できたらでいいので。よろしくお願いします」としたのだ。

この幼稚園・保育園には士郎の代からお世話になっているから、士郎や樹季にとっても見知った先生が多く残っていて、頼みやすかったのもあるんだろう。

すると、帰ってきたときには、先生からの「七生くん、今日は貯金箱作りを頑張りましたよ！　一生懸命、箱に折り紙を貼ってました」の返信があったそうだ。

これには樹季と士郎もニッコリ。

七生も保育園へ行く意味や目的のようなものを実感したのか、とりあえず過剰なまでの拒否反応はしなくなった。

その反面、貯金箱が出来上がったらどうなるんだろう？　とは、思うが。

そこは、ベテランの先生たちだ。次なる課題を用意して、七生をその気にさせてくれることだろう。

しかし、こちらを立てれば、あちらが立たず。

七生の保育園行きにホッとしたのもつかの間、木曜の午後に〝きららちゃんが幼稚園で熱を出して、迎えに行くことになった〟との、相談メールを受け取ることになった。

(うわっ！　まさか、春休みの反動が出たかな？　寂しくなっちゃったかな？)

危惧していたことが、現実になってしまった。

そのとき俺は外にいたのだが、運良く外回りを終えていたので、直帰扱いにしてもらって、きららちゃんのお迎えに行くことにした。

本当は犬飼のところへ顔を出しに――と考えていたが、これればかりは仕方がない。

鷹崎部長も入荷先でちょっとしたトラブルがあったようで、野原係長から謝罪同行を頼まれて残業が確定。それで俺に相談してきたわけだしね。

こうなると、何事にも優先順位は発生してしまうってことで。

それに、急いで家にも確認をとったら、

〝父さんの仕事は一区切りしてるから、今夜はそのまま泊まらせてもらって、明日はそのまま出勤したらいいよ〟

――ってことだったしね！

（よかった！　助かる!!）

いざ幼稚園へお迎えに行くと、きららちゃんは発熱したとはいえ、元気いっぱいだった。

「ごめんなさい、ウリエル様。お絵かきをしてたら、楽しくなり過ぎちゃって」

「え!?　それで気がついたら発熱していて、先生もビックリだったの？」

「うん」

元気なのに越したことはないし一安心だった。が、これだから子供って油断ならない。

しかも、幼稚園からマンションに戻り、その〝発熱するほど楽しかったお絵かき〟を見せてもらったら、なんと！　家二つが、渡り廊下のようなもので繋がっている絵だったから仰天《ぎょうてん》だ。

「すごいでしょう！　こうしたら、みんな一緒よ。きらら、天才かと思った」

「みゃ！」

一応、額に熱冷ましのシートは貼ったが、俺に絵を見せながらまた大はしゃぎ。

これは落ち着かせるまで、熱も下がってこないかもしれないが、それでも元気なのは全身から伝わってきたのでよしとした。

でも、俺からしたら絶妙なタイミングで鳴いたエンジェルちゃんも含めて、ビックリだ。

「う、うん。本当に、すごいね」

俺は感心するばかりで、語尾が震える。

(でも、子供っていいな――)

しかし、心からそう感じて、笑みが浮かぶ。

当然、こうなると家同士の境界線やら建築上のあれこれは度外視《どがいし》だ。

けど、思うがままの願望最優先で、こうして絵とはいえ形にできるのが羨ましい。

実際、うちのリビングと隣家の勝手口を廊下増築で繋ぐとか、できる・できないはさておいて。本当に夢があるし、これこそ三世帯和気藹々だな――と思えたから。

俺は、思わず描かれた絵をスマートフォンで撮影して、鷹崎部長や父さんたち、そして鷲塚さんにも送った。

おじいちゃんおばあちゃんには、父さんから送ってもらって。

今夜は、これだけでも、すごく幸せな気分になれたから、お裾《すそ》分《わ》けってつもりだった。

もっとも、鷹崎部長からだけは、

〝すまない。本当に申し訳ない。これで発熱とかって、きららのやつ……!!〟

――と、かなり慌てた謝罪メールがすぐに届いたけどね。

でも、それさえ俺にとっては、ただ嬉しい、優しい気持ちになれることだったんだ。

「ウリエル様～。玉子は何個割るの？」

「四つ割ってくれる？」

「はーい」

そうしてそのあと、俺はきららちゃんのリクエストで、一緒にオムライスを作った。

きららちゃんは以前にも増して、お手伝いができるようになっている。

春休みにも、ちょこちょこ手伝ってくれたし、父さんも「料理が好きなのもあるだろうけど、上達《じょうたつ》が早くてすごいよね」って言っていたくらいだ。

「すごい！　きららちゃん、綺麗に割れるね」

「うん！　パパのお手伝いもしてるからね。これからは、おばあちゃんのお手伝いもするよ。だって、きらら。みんなのママだもん！」

そうして俺は、久しぶりに聞いた、きららちゃんの決め台詞「みんなのママ」に、またほっこり。

とうとうおじいちゃん、おばあちゃんまで、きららちゃんの言う「みんな」の中に入ってきて、嬉しい気持ちしか込み上げてこない。

「わぁ。おばあちゃん、喜ぶね」

「お家、繋げてくれるかな？　そしたら、わーって走って、すぐに行ったりきたりできるわ」

「そうだね。さすがに家を繋げるのはわからないけど、庭の柵をちょっと取っちゃえば、わーって行き来できるとは思うけどね」

「やった！」

勢いで行ってしまったが、これくらいはできるだろう。

（あ、でも。そしたら、エリザベスたちも、自由に行き来ができて、遊べる庭も倍になるのかな？　それなら、おじいちゃん側の庭にサンルームがあっても大丈夫？）

きららちゃんの絵に大分感化された気はするけど、これくらいなら、多分。

きっと――大丈夫と、信じたい。

「さ、できたよ。食べよう」

そうして俺は、先に作っておいたチキンライスの小山に、バターで仕上げた半熟焼きの玉子をふわっと乗せた。

「わーい。いただきまーす！　トロトロ玉子のオムライス～。やっぱりウリエル様のが美味《おい》しそう。パパのは卵焼きが乗ってるのよ！」

鷹崎部長の帰宅を待ちたいところだけど、今日はまだ木曜日。

明日は幼稚園だし、きららちゃんを早寝させるためにも、俺は先に二人でいただくことにした。

鷹崎部長の分は、帰宅してから作ることにして。

できたてを食べて欲しいし――。

「っ！　そうなんだ。俺も今度作って貰いたいな」

でも、ちょっと卵焼きが乗ったオムライスがどんなものなのかも、見たいんだよね。

いっそ、鷹崎部長に仕上げをやってみてもらおうかな？

興味津々だったサタン飯《めし》も、結局のところ見逃しちゃったし。

――なんて考えながらも、俺はきららちゃんとオムライスを食べながら、マンションに戻ってからの様子も聞いてみた。

俺から「寂しくない？」とは聞けないから、幼稚園のこととか、鷹崎部長の家事の様子とかを。

すると、

「パパがね。きららだけ先に、お引っ越しする？　って、また聞いてくれたの。でも、きららはパパを一人にできないよって言ったの。だって、お父さんとお母さんは、きららにパパをお願いねって言うし。きららもエンジェルちゃんもそう思ってるから！」

きららちゃんは仏間《ぶつま》のほうをチラチラ見ながら、俺に笑顔で答えてくれた。

（お父さんとお母さんが――か。もしかしたら、きららちゃんの母性本能を刺激することで、寂しく感じないように助言してくれてるのかな？　また夢枕とかに立って）

やっぱり霊感みたいなものが強いのか？

そこは気になり、ちょっとビクビクしてしまうんだけど。

それでも、以前発熱したような感じがないのがわかって、かなりホッとした。

二軒を繋げちゃうのも、いいこと思いついた！　で、興奮してしまったんだろうし。この分なら週末の行き来だけでも、大丈夫そうだ。

それに、引っ越す日まで、俺がこうして週の半ばに一度でも顔が出せれば、また違うだろうし。もしかしたら充功が、今度は舞台稽古のために泊まらせてほしい――って、言い出すかもしれない。

まあ、充功のほうは、三日程度でホームシックになるから、泊まったとしても行ったりきたりになるんだろうけどね。

「そうか。でも、そうだね。鷹崎部長……きららちゃんのパパは、やっぱりきららちゃんと一緒が、一番いいもんね」

そうして、会話を弾ませながらの食事タイムは終了。

一緒にシンクまでお皿を片付けたら、きららちゃんにはお風呂に入ってもらって、そのまま就寝だ。

「うん！　でも、みんなも一緒よ。パパはきららと同じくらい一緒がいいって思ってるよ」

「そうだね。きっと、みーんな同じくらい、思ってるもんね」

「あ！　そうだった。ね、エンジェルちゃん」

「みゃ」

それにしても、謝罪の同伴ってことだったけど、鷹崎部長はきららちゃんを寝かし付ける前に帰宅ができるのかな？

寝顔もいいけど、やっぱり元気な顔を見て「ただいま」「お帰り」はしたいだろうから、早く帰ってこられるといいけど――。


その日、鷹崎部長の帰宅は九時を回っていた。

出向いた先でのトラブルも無事に解決ができて、ホッとひと息。

今回の件は、不備のあった担当者の報告書類にOKを出していた野原係長の見逃しもあったとのことで、自分が出向くだけでは済まないと判断。それで鷹崎部長に同行をお願いしてきたってことだった。

だからというわけではないが、俺にきららちゃんのお迎えを相談してきたのは、実は鷹崎部長ではなく野原係長だ！

メールを受け取ったときにはめちゃくちゃ驚いたが、丁度野原係長が鷹崎部長と出かけようとしたところで、幼稚園から連絡が入ったそうで――。

〝すみません！　俺から兎田にお願いしてみます!!〟

〝え、あ。おう。いや、俺からも頼むよ、もちろん〟

――みたいな状況だったらしい。

そのため、鷹崎部長が帰宅したときには、野原係長から「明日改めて、お礼は言いますが、まずはこれを兎田に！」と預かった菓子折を持っていた。

すでに俺自身にも感謝と謝罪のメールが届いていたけど、俺がすんなりと直帰で幼稚園へ行けたのは、こういう事情もあった。

俺自身の直属の上司は、野原係長だからね。

「それで、帰りがけに野原係長がお礼にって、牛丼をご馳走してくれたんですか？」

すでにきららちゃんはエンジェルちゃんと一緒に、自分の部屋で眠っていた。

なので、ここからは少しだけ、二人きりの時間だ。

すでにパジャマ姿になっていた俺は、玄関からリビングへ向かう廊下を、鷹崎部長のトレンチコートを持って歩く。

なんだかこれだけで浮き足立ってくる。

けど、こういうことがあるから、おじいちゃんたちも気を遣って、新婚さんだしって言っていたのかな？

そう考えると、顔から火が出そうなくらい恥ずかしいんだけど！

「ああ。途中で寧からきららの元気な状況や、なので夕飯も済ませておきますねっていうメールが野原にも入っただろう。だから、そのまま外食へ連れて行って、どこかで時間を潰しながら待っていると思い込んだみたいで。それなら、帰宅後は風呂に入って、寝られるだけの方がいいですよねって言われてな」

「――あ、ですよね。今回は、野原係長から頼まれたことだったので、俺も状況や経過を野原係長に送って、鷹崎部長に伝言をお願いする形にしたので。でも、それで牛丼っていう選択が、鷹崎部長らしいですね」

「早いし美味《うま》いからな」

（ここで〝安いし〟は言わないところが、好き！）

もともと鷹崎部長をリスペクトしまくりの野原係長のことだから、それこそステーキでもウナギでも大奮発して、お礼がしたかっただろうな――というのは、俺にも想像がつく。

でも、会計で「俺が」「俺が」になることまで想定したら、鷹崎部長自身から「今夜は牛丼の気分だ」って言われて、「悪いな。そしたら、有り難くご馳走になるよ」ってされるほうが、野原係長も楽だし、嬉しいだろう。

それこそお互いに気兼ねもないし。

むしろ俺からしたら、鷹崎部長が牛丼屋さんで牛丼を食べている姿なんて見たことがないから、野原係長が羨ましい。

ワイルドにいくのか、普段と変わらないのか。でも、丼を持ったときの二の腕や横顔がカッコよさそうとか、いろんな想像パターンが渦巻いてしまって、明日にでも見たいくらいだ。

というか、そんなレアな姿を見てしまって、野原係長がその気になったらどうしようまで心配した今夜の俺は、すでにヤバい。

内心で「落ち着け」を連呼《れんこ》しつつ、手にしたコートを抱き締めてしまう。

「でも、そうしたら、お風呂だけ入って就寝できますね。用意しておいたオムライスの具材は、明日のきららちゃんのお弁当に使えばいいし」

言ってることと、やっていることが違う見本のようだ。

鷹崎部長は気付いているのかな？

ふっと笑うところが、罪な人だ。

「――そうだな。待っててくれれば、一緒に入れたのに」

「すみません。そこは何も考えていませんでした」

しかも、これも嘘。

本当は、きららちゃんが思った以上に早く寝ちゃったから、二人きりの時間を想像したら恥ずかしくなってきて。俺は、そのままシャワーを浴びて、お風呂掃除に精を出してしまったんだ。

どうせなら、鷹崎部長が帰ってきたときに、少しでも綺麗なほうがいいかなって。

ただし、きららちゃんだけでお湯を入れ替えるのはもったいないから、湯船だけは追い炊き使用だけどね！

「寧らしいな」

なんだかすべてをひっくるめて、タイミングのいい言葉が鷹崎部長の口から出る。

「でも、それなら出るまでに考えて、待っていてくれ」

そして、俺の腕をそっと掴んで、額にキスをしてくれる。

微かに聞こえたキスの音が、額に感じた唇の感触が、静まりかけたはずの俺の胸の鼓動をいっそう加速させる。

「――はい」

少し名残惜しげに離れたあと、鷹崎部長は脱いだ上着と鞄をダイニングチェアに置いて、バスルームへ消えていく。

俺は、手にしたコートと一緒に、それらを合わせ持ち、部屋へ片付けに――と思った瞬間、テーブル上に置いていたスマートフォンの着信音が鳴った。

画面に表示されていたのは、犬飼夕輝の名前。

こんな時間に何事かと思い、俺は手にしたコートや鞄をチェアに置き直した。

「もしもし」

〝あ、兎田ちゃん？　今、暇～？〟

すると、以前にも増して馴れ馴れしい犬飼の声が！

それでも、ただの暇つぶしのようで安堵する。

「何、どうしたんだよ。こんな時間に。就寝時間は？」

〝そんなの外科病棟の一人部屋には、あってないようなものだって。それより兎田チャンって、一家でハッピーレストランのＣＭに出たことがあるんだな。いきなり癒やし系の動画サイトのオススメに出てきて、ビックリしたぞ〟

「あ……。それってまだネット上にあるんだ」

俺は直ぐに切るつもりでいたが、出てきたのは思いがけない話だった。

すっかり忘れていたが、これがきっかけで充功が舞台に——と思えば、夏には今一度このCMが注目を浴びたりするのかな？

場合によっては、先に会社に伝えておかないと——なんて、頭によぎる。

もっとも、充功のことは鷹崎部長や本郷常務も知っているのだから、何か先手は打ってくるかもしれないが——。

〝ってか。アルパカだの牧羊動画の中に紛れて出てきて、爆笑したよ。そこらのモフモフには負けないパワーのある絵面で——。けど、あれって本物？　それとも半分くらいCG？　女の子以外、同じ顔なんだけど？〟

それにしてもアルパカって。どういうジャンル分けをしたら、そこへ行くんだ？

CMがって言うよりも、いったい犬飼がどこからそれに辿り着いたのか——。

よほど暇で、ネット動画ばかり見ていたのか？

いっそ、社則資料や商品名鑑でも渡して勉強させておく？

農林水産省のサイト丸暗記でもいいな——そうしよう!!

「おかげさまで、全員本物です。それこそ、会社に来たら、いやでも耳に入るだろうから先に言うけど、俺は七人兄弟の大家族長男だから」

俺は、犬飼の暇つぶし案を思いつくと、少し気分がよくなった。

そうそう。これも先輩の役目だもんな！

世界に散らばる大麦小麦の種類の多さを、今こそ知るがいい！

〝へ〜。今どき、すごいな。いや、待って。次男じゃないってことは、兎田チャンより年上そうなこのひとって、まさか!?〟

「うん。父親だよ。直接会ったら、さすがに長男じゃないのはわかると思うけど」

〝そうなんだ！　そしたら、今度会わせてよ。お兄ちゃんみたいなお父様だけでなく、この空豆《そらまめ》だか、グリンピースみたいな弟ちゃんたちにも。めちゃくちゃそっくりで、全部一緒のところが見たい！〟

「大人しく病院生活を終えて、無事に社会復帰したらね」

〝ラッキー！〟

ちょっと話が弾んだためか、俺はその後も少し犬飼の話に付き合った。

けど、当然それは鷹崎部長がお風呂から上がるまでだ。

姿が見えたときには、そこで終わる。

「あ、ごめん。そろそろ切るよ」

〝了解！　これだけいたら、子守も大変だもんな〟

「まあね」

〃貴重な時間をThank You《サンキユー》! そんじゃ、おやすみ〜〃

「おやすみ」

向こうは俺が自宅にいると思っていたからか、特に会話を引っぱることもない。

俺は通話を終えたスマートフォンをテーブルへおく。

「あ、鷹崎部長。ビール、出しますか?」

「いや、電話。俺なら自分でやるぞ」

「大丈夫です。犬飼が暇つぶしにかけてきただけなので」

「犬飼?」

ダイニングテーブルから対面キッチンへ回り込んで、冷蔵庫の中から缶ビールを取り出した。

湯上がりにバスローブだけを羽織って出てきたから、多分お摘《つ》まみはいらない。

ビールは水代わりと判断したが、俺はこれだけでドキドキし始める。

「動画サイトにハッピーレストランのCMが、まだ残っているみたいです。それで、こんなのみつけた――って感じです。半分CGかって確認されちゃいました」

「まあ、初めて見たら。それも画像なら、そう思うのかもしれないな」

「ですね」

　案の定、鷹崎部長は手にしたビールをそのまま立ち飲み、席に着くことはしなかった。

が、ふと、そのことに気がついたのか、

「寧は飲まないのか？」

「俺は、変に酔っ払って、また弟語りをしたら大変なので」

「そんな暇は与えないと思うが」

　一応、確認だけはしてきたが、俺の返事から意図は察したらしい。

「――でも、もう。酔ってるかもしれないから。鷹崎部長に、いえ。貴さんに」

　こういうときの俺って、おやつを待つエリザベスみたいに見えていないか、時々心配になる。

「寧は、たまにさらっと、すごいことを言うよな」

　鷹崎部長はクスっと笑って、空き缶をテーブルに置く。

　そうして、空になった両手を俺のほうへ向けてきて――。

「本当のことしか言ってないですよ？」

「そういうところも含めてだ」

　抱き寄せてくれてると、額に軽くキス。

そこから今度は唇に――。

「んっ……っ」

最初は触れ合うだけのそれは、すぐに口内を探り合うような深いものになる。

〝好きだ。愛してる〟

〝俺も……〟

舌と舌が絡み合う中で、二人の思いが伝わり合う。そんな気がする。

(――貴さん。大好き)

そうして深くて長いキスを終えると、鷹崎部長は俺をそのまま横抱きにした。

ダイニングからリビングを通って、自室へ入る。

照明が落とされた寝室のベッドには、カーテンの隙間から差し込む街明かりが、とてもロマンチックだ。

そんな中で、俺は枕やクッションに背をもたれるようにしてベッドへ下ろされた。

腰をかけただけの姿勢の鷹崎部長の利き手が伸びて、パジャマの前が寛がれる。

かけられたボタンのひとつひとつを外す器用な手に、見とれてしまう。

街明かりが生み出すこめかみや顎、骨から胸元の陰影もすごくセクシーで、何もかもが好き。大好きすぎて、困る。

「貴さん」

俺は、どうしようもなくこみ上げてくる感情から唇を向けて、キスを強請った。

鷹崎部長はそっと唇を合わせて、そうしてパジャマを開いた俺の首筋から胸元を撫でていく。

「……ぁっ……」

指先が乳首を掠ると、俺のそれはすぐに反応して尖った。

――と同時に、下肢では俺自身も反応してしまい、鷹崎部長はそれに応えるようにして、唇を胸元から腹部へ、そして下腹部へと移動させていく。

そうしてパジャマごと下着をずらされると、すでに膨らみ始めていた俺の欲望に手を添え、口に含む。

自然と開いた俺の唇の隙間からは、なんとも言えない甘い吐息が漏れて、鷹崎部長の耳に届く。

(俺も鷹崎部長に――)

そう思うが、いつもされるほうから始まる。

俺も、俺もって思うばかりで、結局大したこともできないまま、迎え入れるだけで精いっぱい。

でも、それがわかっているから、俺は急いたことを口走るんだろう。

「すぐに……、いいのに」

俺はいいから、早く来てください。

鷹崎部長が少しでも早く俺で感じて、そして気持ちよくなってほしいから——。

「俺がこうしたいんだって、いつも言っているだろう」

「あんっ……っ」

でも、今夜も鷹崎部長は、俺自身を丹念に愛撫する。

「これでも、大分抑えているんだ。本当なら、頭の先から、爪の先までキスしたい。ひとつひとつ眺めて、俺のものだと印を付けて。外に出られなくしてやりたい」

ときおり俺自身から顔を上げて、ニヤリと笑って。

きわどい言葉も口にしながら、俺を心身から欲情させて、煽っていく。

「そんな……っ。嬉しいこと言わないでください。俺、営業なのに」

それなのに、気の利いた返しができずに、バカ正直に答えてしまう俺。

自分で聞いても、色気も素っ気もなくて、恥ずかしいぐらいだ。

「本当に、誰が配置したんだろうな。上司としては人事の見る目があって感心したいが、俺個人としてはデスクワークで縛りつけておきたい。むしろ、テレワークでもいいくらいだ」

それでも、ちゃんと俺に付き合って、こんな話もしてくれる。

なのに、利き手は俺自身を握り混んだまま、愛撫を続けていて――。

「貴さん……っ。も……」

でも、いまいちのところで、俺はイクにイケない感じだった。

まさか、甘やかされるのに慣れてきたのかな？

「なら、強請れ」

「？」

「早くしてでも、イかせてくれでも、なんでもいい。その口で、その声で、俺に言ってくれ。求めてくれ。俺は、先にそれがほしい」

――違った！

鷹崎部長が俺の目を見て、今日一番で悪そうな顔をした。

それでいてどこか嬉しそうで、俺に「言葉に出して強請れ」と催促もする。

（これ、わざと!?　羞恥プレイみたいな感じ？）

瞬時に俺の前身が真っ赤に火照った。

「ほら。言わないと、先へ進めないぞ」

そんな俺を見た鷹崎部長の語尾がちょっと弾んでる！

そうで無くても寸止めみたいなことをされて、俺の身体は焦れ焦れなのに。

ゆるゆると扱かれて、絶頂の手前まで根元をきゅっと掴まれて――。

（うそ！）

今度はイけそうなのに、イけないことにされてしまう。

（どうして俺自身にもできないコントロールが、鷹崎部長にできるんだよ！）

俺は自然と身体を捩るが、軸を抑えられているので、どうしようもできない感じになっている。

「それとも、今夜はここで終わりにしておくか？　俺が気付いていないだけで、本当は疲れていたんなら、すぐにでも止めて寝かせるぞ」

ああ、鷹崎部長の語尾が更に弾んで楽しそう！

俺は、要求されたこと自体が恥ずかしくて、けどイキたくて。

苦し紛れに、横に置かれていた枕へ手を伸ばす。

「どうする？　寧」

「――早く、してください」

そうして抱えた枕に顔を埋めて、ぼそりと強請った。

当然、これでは聞こえないって態度だ。

鷹崎部長が「ん?」ってわざと聞く。あくまでも、わざと!

「早く、俺をイかせてください。早く、俺の中へ……。俺にこらえ性がないのは、もう知ってるでしょう」

俺は、ついついムスッとしながら、鷹崎部長に言ってみる。

その間も俺自身も、快感の行方も、彼の利き手に握られたままだ。

ただ、こうなると、ちょっとふて腐れに走る俺。

七生じゃあるまいし——は、いつものことだ。

「でも、これは貴さんしか知らないことなんですから……」

「俺しか——。知らないか」

「そうです。こればかりは、親兄弟も知りません。この瞬間の俺を満たせるのは、貴さんだけです。貴さんしか、いないんですからね!」

けど、さすがにこれ以上は、逆に面倒だと思ったのかな?

「そうだな」

鷹崎部長は、今一度クッと笑うと、俺自身を口に含み直した。

「——あっ、んんっ……っ」

急に強く吸い上げて、しゃぶり上げて——、

「いっ……っ。いい……」

俺の四肢《しし》に自然と力が入り、爪の先まで期待に満ちる。

枕を握る手、シーツを蹴る足、背筋も何も震えだして——。

「——んっ！　ぁっ、んんっ」

俺は、絶頂に向かって、——放った。

そうして、俺の放った欲望を口内で受け止めた鷹崎部長は、そのまま俺の窄まりにキスをして……。

「また、手荒くなるかもしれないぞ」

そう言ったときには、俺にのし掛かるようにして、俺の中へ入ってきた。

俺はまだ触れてもいなかったのに、鷹崎部長自身は熱く、堅く憤っていて——。

「んっ、あぁぁっ」

俺の身体の中を、奥を一気に突き上げ、自らも絶頂へと向かって行く。

（貴さ——っ）

言葉もないまま互い身体を、そして欲情を求め合うまま、時間がすぎた。

窓から差し込んでいた街明かりが、気がつけばワントーン落ちている気がする。

「本当は、もっといやらしいことを言わせてみたかったが。結局、いつも俺が降参することになる。虜《とりこ》になっているのは、俺だな」

鷹崎部長は、俺を抱き締めながら、ぼそりと口にした。

なんだか、ことを企て、失敗に終わったと言いたげだ。

まるで、樹季や武蔵の「あーあ」っていうのを聞いているようだった。

「俺が思うより思って欲しいし、俺が拘束するより拘束されたい。そうでなければ、俺はいつか寧を誰の手にも届かない、目にさえ届かないところへ閉じ込めてしまいそうで怖くなる。と、――呆れてるか？」

俺が、武蔵たちを思い浮かべてクスっと笑ったものだから、鷹崎部長が少し不安そうな顔で覗き込んでくる。

「いいえ。そんなことを言ってもらえるってことは、すでに俺が貴さんのことを雁字《がんじ》搦《がら》めにできてるのかな？　と思って」

俺は、ここでもまた思ったままのことを言ってしまった。

逆に呆れられそうだが、でも本当のことだ。

大好きだから、言いたくて仕方がなかった。

「俺、スーツ姿の鷹崎部長が大好きですけど、七生に乗られても起きずに爆睡している貴さんも同じくらい大好きです。むしろ、自然にそういう姿まで見られるようになった俺って、めちゃくちゃすごいって思ってます」

「寧」

「貴さんが、俺の前だから見せてくれるんだろう、オフの姿が大好き。見ただけで嬉しくなって、幸せで、ずっと笑っていられます」

さすがにここで、先日のカメ親子の話をされて、鷹崎部長は驚いていたけど。

すぐに意図は通じたらしくて、照れくさそうに笑ってくれた。

いっそう強く、肩を抱いて、俺の額に頰も寄せてくれて――。

俺は、これだけでも、充分幸せだ。

「――そんなことを言っていると、そのうちもっとちゃんとしてくれって言うようになるぞ。俺はそこまでだらけろって言ってないって」

「それは大丈夫です。貴さんの性格上、オンオフのオン状態は、素で楽しんでいる部分だと思うので」

クスクス、クスクスと笑いながら、俺は鷹崎部長のほうへ、自らも身を寄せる。

「ネクタイを選ぶときも、スーツを着込んで顔つきを変えるときも。何より仕事に向かって、気を引き締めるときも。貴さんは、鷹崎部長である自分も心から楽しんでいると思うので」

俺が好きで好きでたまらない姿、仕草をここぞとばかりに言ってしまう。

本当に、世界中に言いたくなるくらい、俺は鷹崎部長が好きだし、この瞬間が幸せだ！

「だって、俺がいつでもどこでもドキドキしちゃうって知ってるから」

「――まいったな」

でも、きっとそれは鷹崎部長も同じだよね？

だから、そうして照れくさそうに笑って、キスもしてくれるんだよね？

「――あ、そうだ。ベッドの外でも、お強請りってしていいですか？」

「ん？」

「俺にも一度、オムライスを作ってご馳走してください」

けど、こんなときだというのに、俺はフッと思いついたことを、また口走ってしまった。

「――!?」

「よろしくお願いします！」

当然、鷹崎部長には、突然のこと過ぎて意味不明だっただろう。

それでも、あまりに俺がニコニコして言うものだから、

「きららか……」

すぐに意味も理由もわかったようだ。

さすがは鷹崎部長！

なので、更に俺は「今度、一緒に牛丼も食べたいです」も付け加えた。

でも、これには二度見して、首を傾げられた。

「ああ、わかった――」

とは、言ってもらえたけどね！

エピローグ

ドタバタしたけど、やっと一週間が終わった金曜日。

「ひっちゃ、おっか～」

俺が仕事を終えて帰宅をすると、いったい何が起こったのか!? というくらい、七生の態度が変わっていた。

自分から? 保育園用のリュックを背負って、それもスモックまで着込んで、登園ルックで意気揚々《いきようよう》と遊んでいたからだ。

しかも、武蔵は早々に寝てしまっている。

本当なら、これって嬉しいことなんじゃ? 七生以上に大はしゃぎなんじゃ? と思うんだけど、よほど疲れていたのかな?

具合が悪いわけではないって聞いて、そこは安心したけど。

「――えっ! 今日は七生が自分から保育園へ行ったの!? それも武蔵のボディーガード

として幼稚園のほうに着いていったって。意味がわからないんだけど⁉」

ただ、何がどうしてこうなっているのか⁉

父さんが昨日今日のことを話してくれたんだが、最初は聞いてもよくわからなかった。

一瞬、そんなに保育園での工作が気に入ったのか？

もしくは、好きな先生かお友達でも⁉　と思ったが、そういうことではなかった。

「実は、昨日武蔵が転園してきた子に、突き飛ばされたらしくて――」

「武蔵が⁉」

「本人は転んだとしか言わなかったから、先生もそう信じ込んじゃったらしいんだけど。それを見ていた子が、お向かいの柚希《ゆずき》ちゃんに相談したらしいんだよ。武蔵も、まだ転園してきたばかりだから、内緒にしてあげて――みたいに口止めしたらしくて」

どうやら、昨夜は俺がきららちゃんを迎えに行ったり、そのままマンションへ泊まったりと慌ただしかったので、あえては知らせずにいたらしい。

だが、武蔵が園で転んで、膝小僧《ひざこぞう》を擦《す》りむいてきていたのだ。

そして、その理由を武蔵自身も隠していたものだから、父さんも自分で転んだんだと信じていて――。

けど、それがどうして七生の張り切りになるのか、俺にはさっぱり想像ができなかった。

まあ、ここは無関係なのかもしれないが——。

「それで、どうしてわかったの？　柚希ちゃんが教えてくれたの？」

ちなみにお向かいの柚希ちゃんは、この四月からピカピカの一年生だ。

ただ、仲良くしている現役の園児ちゃんはいるから、これはこれでちびっ子たちの情報網なのだろう。

——侮《あなど》れない！

「いや、これ自体は柚希ちゃんから話を聞いたママが、こっそり父さんに話してくれたんだ。大怪我に繋がらないうちにって。ただ、この話を七生も聞いていたらしくて。今朝は、どうも園に行く気満々だな——と思ったら、七生的には俺が武蔵を守るんだ！　とか、敵を討ってやる！　みたいなテンションになってたみたいで」

「そうそう。朝からめちゃくちゃ凛々しい顔をして、スモック姿で仁王立《におうだ》ちしてたから。変だと思ったんだよ」

「でも、結果的には、七生が母親に諭《さと》されて謝ろうとした相手の子にワーワーやって、泣かせちゃって。武蔵が代わりに謝り倒すことになったみたい」

父さんの話に、充功と士郎が続く。

「それで疲れて、武蔵は早々に寝ちゃったのか」

――やっと話が繋がった！

けど、こうなると、家庭内の情報漏れにも気をつけないといけないのかな？

父さんも「うっかりしちゃって」って顔をしたけど、まさか七生が大人の話を聞いて何かするとは思わないもんな。

――少なくとも、これまでは！

「武蔵。園児ながらに、神経がすり減ったみたいだな」

「これから七生のお世話で、もっと大変そう」

双葉どころか、樹季まで一緒になって溜め息を付いている!?

なんだか今後は、気がついたら俺から士郎までだった話にも、しらっと顔をして加わっていそうだ。

本当に、迂闊《うかつ》な話はできない。

「これも〝俺の弟！〟を持った宿命だな」

「かもね」

樹季の様子に気付いてか、充功と士郎も目配せをしながら、苦笑いしている。

それにも拘わらず、ダイニングでヒソヒソする俺たちをまったく気にせず、ドラゴンソードの録画を見ながら、やっぱり勇ましく仁王立ちをしている七生のマイペース具合が、一貫《いっかん》していた。

なんだか、末っ子最強の意味が、これまでとは違ってきそうだ。

「それで、寧。鷹崎部長ときららちゃんは明日？」

それでも、父さんが俺の分の夕飯を並べ始めると、話の矛先も変わった。

「昼前には来られると思うって」

「こうなってくると、行き来も面倒だろうな。早く、越してこられるといいな」

「本当にね」

そこから先は、この週末に予定している合同誕生会の話をしながら、俺は「いただきます」をした。

（そういえば、鷹崎部長の誕生日は、確か来月だったよな）

——なんてことを思いながら。

あとがき

こんにちは、日向《ひゅうが》です。このたびは「上司と婚約 Dream⁴」をお手にとっていただきまして、誠にありがとうございます。

今作では弟たちも新年度に突入しましたので、人物紹介ページの学年を更新していただきました。「四男・士郎《しろう》・四年生！」に拘《こだわ》り三男から五男までの年齢間隔を歪《ゆが》めたのですが、それもここまでとなりました。ただ、颯太郎《そうたろう》原作設定で執筆しているコスミック文庫α《アルファ》さんの「大家族四男」は、時間軸無視の四年生で続けて参りますので、七生《ななお》のオムツ尻フリフリ・ぷりん♪と合わせて、こちらも楽しんでいただけたらと思います。

また、他社さんかつ私ごとで恐縮ですが。この度、寧《ひとし》の新営業先として出てきた〝自然力〟の新店舗・新宿御苑前店&士郎本の裏山からも通じる狭間世界を舞台にしました、スカイハイ文庫「ご縁食堂ご飯《はん》のお友　会社帰りは異世界へ」で、電子コミック大賞２０２１にてラノベ部門賞をいただきました。こちらは昨年、緊急事態の真っ只中に「四男７」と同月発刊だったこともあり、たくさんの大家族読者の皆様―希望ヶ丘町内会員様―たちが読んで、投票をしてくださいました。今年はデビュー25年目の節目《ふしめ》年でもあり、本当に素敵な記念&スタートになって、感謝でいっぱいです。ありがとうございます!!

――!? でも、やっぱり鷹崎《たかさき》にはポンと肩を叩かれるようです。

「それはおめでとう。読者様に大感謝だ。キャラクター一同で御礼をしないとな。で、お前。今回はラブシーンに20ページ枠を取ったって言ったよな? だからたまには意地悪な焦《じ》れ焦れH《エッチ》も頑張れって。それが、どうしたら牛丼食いでときめいてるんだ!? 確かに焦れたわ! 俺がな!!」

「え? そんなこと言ったかな? でも、二人きりのイチャラブ枠としては成立……」

「バカを言え! トークシーンはラブシーンとは言わない! 大体なんで、貴重な枠内で牛丼やアルパカのことなんて書いてるんだよ! いるか!? あそこに!?」

「それは、なんとなく――、癒やし?」(多分、佳境《かきょう》すぎて頭が逃避していた)

「普通、癒やしって言ったら、一緒に風呂へ入ってからのモニャモニャだろう? BL《ビーエル》だぞ! だいたい、ラブシーンのオチが牛丼屋への誘《いざな》いなのも意味がわからない!」

「いや、でも――。話の流れがあるしさ~。っていうか、まるっと寧にまかせたら、なんか牛丼萌《も》えしてたんだよ。私も、そこ!? って思ったよ。でも、一人称じゃん? 世界観を寧に任せると、あんたのことが好きすぎて、語彙力《ごいりょく》皆無で好き! 大好き!! しか出てこないんだよ。けど、そういう寧が可愛いとか、あんただって思ってるんでしょう？　それともいっそ、一度嫌いにさせてみる？　大なり小なり、破局的なそれなり、喧嘩とか普通はあるもんね。長編ＢＬなら！　読者さんは望んでないから避けてきたけどさ」

「いらんことするな！　もういい!!　今度、一緒に牛丼を食べに行く!!　全員引き連れて特盛りにオプション付けて、金は全部俺が払うでいいんだろう！」

「へへへへ〜っ。私の分もよろしく〜っ」

やった！　今回は早々に退散させたぞ!!　あとがきページも限られているしね！

ということで、本書もみずかね先生、担当様、関係者の皆様のおかげで発刊までこぎ着けることができました。感謝です!!　そしてカバー案と二家の渡り廊下案は担当様からのものでして、本当に発想が可愛い！　大家族は担当さんの可愛い思考と、みずかね先生の可愛いカッコイイヴィジュアルと、何より皆様からの愛でできております。

結局私は牛丼食べるサラリーマンと、それ見てときめくサラリーマンが好きなだけ!?

ですが、皆様に支えられて大家族物語はまだ続きます。次回は大家族四男新刊で、またその後にこちらへ戻って参りますので、引き続きよろしくお願いします。

日向唯稀

セシル文庫をお買い上げいただき、ありがとうございます。
この本を読んでのご意見・ご感想・ファンレターをお待ちしております。

☆あて先☆
〒154-0002　東京都世田谷区下馬6-15-4
コスミック出版　セシル編集部
「日向唯稀先生」「みずかねりょう先生」または「感想」「お問い合わせ」係
→Eメールでも OK ／ cecil@cosmicpub.jp

セシル文庫

上司《じょうし》と婚約《こんやく》 Dream《ドリーム》^{4} ～男系大家族物語《だんけいだいかぞくものがたり》18～

【著者】　日向唯稀《ひゅうがゆき》
【発行人】　杉原葉子
【発行】　株式会社コスミック出版
〒154-0002　東京都世田谷区下馬 6-15-4
【お問い合わせ】　- 営業部 -　TEL 03(5432)7084　FAX 03(5432)7088
- 編集部 -　TEL 03(5432)7086　FAX 03(5432)7090
【ホームページ】　http://www.cosmicpub.com/
【振替口座】　00110-8-611382
【印刷／製本】　中央精版印刷株式会社

乱丁・落丁本は、小社へ直接お送り下さい。郵送料小社負担にてお取り替え致します。
定価はカバーに表示してあります。

ISBN978-4-7747-6266-1 C0193